Annie de Vries ist in Den Haag geboren und arbeitet seit dem Abschluss ihres Wirtschaftsstudiums in der Stadtverwaltung von Den Haag. Sie liebt Spaziergänge am Meer, vorzugsweise im Herbst und Winter, heißen Kakao mit (viel) Sahne, vegetarische Kroketten und Falafel.

ANNIE DE VRIES

TOTE FISCHE
fängt man schneller

Erstausgabe März 2024

Tote Fische fängt man schneller

ISBN 978-3-98778-812-3
E-Book-ISBN 978-3-98778-638-9
Hörbuch-ISBN 978-3-98778-640-2

Covergestaltung: Nadine Most
Umschlaggestaltung: ARTC.ore Design
Unter Verwendung von Abbildungen von
stock.adobe.com: © Slavica, © qilli, © Osbi
shutterstock.com: © Andrey_Kuzmin, © SCOTTCHAN, © E. O.,
© ShutterProductions
Lektorat: Sandra Effert
Satz: dp DIGITAL PUBLISHERS GmbH
Druck und Bindung: Books on Demand GmbH, Norderstedt

Prolog

Er stand auf dem asphaltierten Weg oben auf dem Deich und starrte in die Schwärze, die die Grenze zwischen Meer und Himmel verschwinden ließ. Nur die Lichter der Frachtschiffe, die irgendwo da draußen waren, gaben einen Hinweis darauf, wo sich der Horizont befand.

Von der See her wehte ein kühler Wind an Land, der recht schwach ausfiel, wenn man sich vor Augen hielt, dass es hier in Zeeland für gewöhnlich um einiges stürmischer zuging. So ließen sich immerhin die für Ende Oktober typisch niedrigen Temperaturen gut aushalten. *Hauptsache, es regnete nicht*, sagte er sich.

Sein Blick wanderte von links nach rechts, aber nirgends war der Mann zu sehen, der sich mit ihm verabredet hatte. Weder bewegte sich jemand durch den Lichtkegel der in großen Abständen aufgestellten Laternen, noch waren die Umrisse einer Person in den dunklen Abschnitten dazwischen zu sehen.

Er sah auf die Uhr. Kurz nach elf. Am liebsten wäre er gegangen, aber er wusste, der andere Mann würde noch auftauchen. Er hatte nie zu den pünktlichsten Menschen gehört, und daran würde sich vermutlich auch nichts mehr ändern.

Aus dem Augenwinkel bemerkte er eine Bewegung. Er drehte den Kopf nach links und entdeckte einen Radfahrer, der sich ihm zügig näherte. Das konnte aber der Mann nicht sein, auf den er wartete. Denn auf einem Fahrrad wäre der so wie er selbst keine zwei Meter weit gekommen, weil der Gleichgewichtssinn nicht mitspielen wollte.

Auf dem Rad saß eine junge Frau, die einen Mantel und eine Wollmütze trug. Lange blonde Haare flatterten im Wind, während sie auf der Deichkrone entlangfuhr. Als sie näher gekommen war, nickte er ihr zu, doch die Frau nahm von ihm keine Notiz. Ihre ganze Aufmerksamkeit galt dem plärrenden Smartphone, das sie auf den Lenker geklemmt hatte. Als sie an ihm vorbeigefahren war, konnte er sehen, dass sie mit irgendwem ein Videotelefonat führte, was erklärte, dass sie nichts um sich herum wahrnahm. Es würde ihn nicht wundern, wenn er morgen in den Nachrichten hören würde, dass am Deich bei Zuiderdijk eine Frauenleiche entdeckt worden war. Er selbst hätte nur einen Schritt nach vorn machen und ihr einen Stoß versetzen müssen, um sie vom Rad zu stoßen und zu überwältigen, ehe sie überhaupt wusste, was geschehen war.

Das rote Rücklicht ihres Rads war mittlerweile kaum noch zu sehen, und er richtete seine Aufmerksamkeit auf die See und auf das Meeresrauschen, das eine sehr beruhigende Wirkung auf ihn hatte.

Ein doppelter Piepston ließ ihn hochschrecken, so sehr hatte ihn das Rauschen in den wenigen Minuten entspannen können. Irritiert sah er sich um, konnte aber nicht sagen, woher das Geräusch gekommen war.

Dann ertönte es wieder. Diesmal bemerkte er ein Blinken auf dem Parkplatz am Deich. Eines der Autos war offenbar per Fernbedienung ent- und wieder verriegelt worden. Zu sehen war kein Mensch, doch irgendjemand musste mit der Fernbedienung seines Wagens spielen. Er kniff die Augen zusammen und suchte die Umgebung ab, konnte jedoch niemanden entdecken.

Er wusste, der Wagen hatte schon dort gestanden, als er hergekommen war, und daher wusste er auch, dass niemand in diesem Wagen gesessen hatte. Er konnte auch nicht in der Zwischenzeit eingestiegen sein, weil dann schon früher das Geräusch zu hören gewesen wäre. Aber wo hielt sich derjenige auf, der die Fernbedienung in der Hand hielt?

Plötzlich bewegte sich etwas vor seinem Gesicht, aber was es war, konnte er nicht sagen. In der nächsten Sekunde legte sich etwas Dünnes, Kaltes um seinen Hals und zog sich schnell zusammen. *Ein Draht!*, ging es ihm durch den Kopf. Doch seine verzweifelten Bemühungen, sich von dem Draht zu befreien, waren zum Scheitern verurteilt, da der sich schon zu tief ins Fleisch geschnitten hatte und er ihn mit den Fingern nicht mehr zu fassen bekommen konnte.

Er versuchte zu atmen, aber es gelang ihm nicht. Ihm wurde schwarz vor Augen. Das Letzte, was er wahrnahm, war eine Stimme dicht neben seinem Ohr.

„Reingelegt“, flüsterte ihm jemand zu.

1. Kapitel

Jenny van Oosterburg stand an der Empfangstheke und betrachtete den Zweiertisch ganz vorn im Speisesaal, der nach wie vor für einen Gast gedeckt war. Für einen Gast, der allem Anschein nach verschwunden war.

„Soll ich abräumen?“, fragte ihre Angestellte Sietske, die sich seit ein paar Tagen mit einer feuerroten Kurzhaarfrisur präsentierte, an deren Anblick sich Jenny noch immer nicht gewöhnt hatte. Das würde wohl auch eine Weile so bleiben, da es ihr schwerfiel, das neue Aussehen zu akzeptieren. Bis vor Kurzem war die junge Frau mit bis tief in den Rücken reichenden, tiefschwarzen Haaren gesegnet gewesen, die ihren von Natur aus dunklen Teint unterstrichen hatten.

„Hm? Oh. Nein, noch nicht“, antwortete sie, als sie sah, dass Sietske auf den Zweiertisch zeigte. Das Frühstücksbuffet war vor wenigen Minuten abgeräumt worden. Natürlich gab es auch danach die Möglichkeit, ein Frühstück zu bestellen, weil ihre Gäste es zu schätzen wussten, wenn sie nicht auch im Urlaub mit starren Vorschriften konfrontiert wurden, von denen sie im Alltag schon mehr als genug hatten. Sollte ihr verschollener Gast gleich zur Tür hereinspaziert kommen, dann würde er dennoch ein Frühstück serviert bekommen, wenn er es wollte.

„Guten Morgen!" Eine Männerstimme riss sie auf Deutsch aus ihren Gedanken, die ihr irgendwie vertraut war, aber einen Akzent aufwies, den sie so nicht in Erinnerung hatte.

Sie sah zur Eingangstür, wo ein großer Mann mit grauem Bart und grauen Haaren stand, die er zurückgekämmt und zum Pferdeschwanz zusammengebunden hatte. Er trug eine dicke Stoffjacke, die den mittlerweile herrschenden Temperaturen durchaus angemessen war, und in jeder Hand hielt er einen altmodischen Koffer, die offenbar keine Rollen hatten, auf denen er die beiden hinter sich hätte herziehen können.

„Guten Morgen", erwiderte sie zögerlich, da sie noch nicht so genau wusste, wo sie diesen Mann hinsortieren sollte. „Was kann ich für Sie tun?"

„Erst mal kannst du zum Du zurückkehren, Blondie", sagte er, grinste sie breit an und kam näher. Dann stellte er die Koffer ab.

Sie kniff die Augen zusammen und murmelte: „Niemand wagt es, mich Blondie zu nennen ..."

„Außer ...?"

„... außer Rainer Trompeter", führte sie den Satz zu Ende und schüttelte den Kopf. „Bist du das wirklich, Rainer?"

"Tja, entweder bin ich es oder ich bin ein anderer und trage nur eine Maske, die aussieht wie ich", konterte er. „Was meinst du?"

„Das werde ich schon herausfinden", sagte sie. „Wenn du anfängst, zu schreien, sobald ich versuche, dir die Maske vom Gesicht zu reißen, weiß ich ja, ob ich einen

Betrüger vor mir habe." Dabei machte sie mit ihren Fingern Lockerungsübungen, als wollte sie ihre letzten Worte jeden Moment in die Tat umsetzen. Sie tat drei Schritte auf ihn zu und fiel ihm um den Hals, was kein leichtes Unterfangen war, da er mehr als einen Kopf größer war als sie.

Allerdings kam der Mann ihr entgegen, indem er sich gleichzeitig vorbeugte, sodass ihre Köpfe auf gleicher Höhe waren, während sie sich an ihn drückte. „Beinahe hätte ich dich nicht wiedererkannt", sagte er. „Ich hatte eine Frau mit wallenden goldblonden Locken erwartet, nicht mit diesem kümmerlichen Rest da oben auf dem Kopf."

„Von den goldblonden Locken hab ich mich schon vor langer Zeit verabschiedet, weil die bei dem Wind, der hier fast immer weht, einfach auf Dauer unpraktisch sind. Aber erzähl mir lieber, wieso du hier bist. Wie hast du mich gefunden?", wollte sie wissen, als sie sich wieder von ihm gelöst hatte.

„Das war ganz einfach", sagte Rainer. „Na, okay, ganz so einfach war es nicht. Ich kannte nur die alte Telefonnummer von deinen Eltern, aber der Anschluss existiert nicht mehr. Dann habe ich mir im Internet den Stadtplan von Westkapelle angesehen und festgestellt, dass einer der Souvenirläden immer noch den gleichen Inhaber hat wie damals. Also habe ich da angerufen und er hat mir die Telefonnummer vom Hotel deiner Eltern in Lissabon gegeben. Ich dachte zuerst, der gute Mann hat was durcheinandergeworfen, aber dann meldete sich tatsächlich deine Mutter, als ich da anrief."

„Ja, mein Großvater hat meiner Mutter das Hotel vererbt. Sie konnte einfach nicht widerstehen, das Haus zu übernehmen. Aber das ist jetzt auch schon wieder acht oder neun Jahre her."

„Ich störe nur ungern, Jenny", meldete sich ein Mann, der noch keine dreißig zu sein schien und dessen rötliches Haar auffallend schütter war. „Aber ich muss einen Berg Rechnungen überweisen und ich weiß nicht, ob du diese drei sachlich richtig gezeichnet hast oder ob das ..."

„Gekritzel", half sie ihm mit einem Grinsen auf die Sprünge, als sie sein Zögern bemerkte.

„... ob das ‚Gekritzel' etwas anderes zu bedeuten hat." Er hielt ihr die Rechnungen hin.

Sie betrachtete ihre Notiz und grübelte einen Moment lang, was das von ihr stammende Kürzel bedeuten sollte. „Ach ja, richtig. Bei den Rechnungen stimmt das Datum nicht. Der neue Kaffeelieferant hat die Rechnung und das Lieferdatum um zwei Wochen zurückdatiert, womit sie jetzt schon überfällig sein müssten, obwohl er erst am Freitag geliefert hat. Da hattest du ja frei."

„Gut, dann werde ich ihn anrufen, damit er das korrigiert", sagte er.

„Schreib ihm lieber eine Mail, dann können wir es besser dokumentieren, falls es bei ihm eine Masche ist, um seinen Kunden Mahngebühren in Rechnung zu stellen."

„Bestimmt nur ein ‚Computerfehler'", gab der Mann ironisch zurück.

„Ganz bestimmt", pflichtete sie ihm augenzwinkernd bei. Sie drehte sich zu ihrem Besucher um. „Das ist übrigens Jan-Willem Dekker, meine rechte Hand."

„Hallo“, begrüßte ihn Rainer mit einem Nicken. Der Mann erwiderte die Geste.

"Und das ist", fuhr sie fort, "ein alter Freund von mir. Rainer Trompeter. Rainer ist ...“

„... Software-Entwickler für Computerprogramme“, fiel er ihr ins Wort.

„Ja, richtig“, sagte sie, nachdem sie eine Sekunde lang gestutzt hatte.

„Irgendwelche Programme, die man kennt?“, fragte Jan-Willem interessiert.

„Nur, wenn man sich in der chemischen Industrie auskennt“, antwortete Rainer.

„Oh“, machte der jüngere Mann. „Das ist ganz und gar nicht mein Fachgebiet.“

Rainer lächelte ihn verständnisvoll an. „Das höre ich so ungefähr zehnmal am Tag.“

„Wir kennen uns schon ewig“, redete Jenny weiter. „Rainer war früher bereits Gast im Hotel meiner Eltern.“

„Richtig“, stimmte der ihr zu. „Ich glaube, als ich sie das erste Mal gesehen habe, muss sie vier oder fünf gewesen sein. Und beim letzten Mal so ungefähr vierzehn, fünfzehn. Aber das ist schon ewig her.“

„Das ist gerade mal zwanzig Jahre her“, berichtigte sie ihn prompt. „Für wie alt soll Jan-Willem mich denn halten, wenn das ewig her wäre? Siebzig? Achtzig? Und vergiss nicht, dass du zwanzig Jahre älter bist. Dann würde er dich für neunzig oder hundert halten.“

„Maximal fünfundneunzig“, gab er lachend zurück. „Aber das ist natürlich Blödsinn. Niemand würde dich für einen Tag älter halten, als du wirklich bist. Schließlich siehst du aus wie eine junge Meg Ryan vor ihren

Schönheitsoperationen." Dann fügte er noch rasch ironisch an: „Wobei ich nicht verstehe, warum wir Deutschen immer von *Schönheits*operationen reden, wenn doch üblicherweise das genaue Gegenteil dabei herauskommt."

„Ich ... ähm ... will nicht unhöflich sein", meldete sich Jan-Willem wieder zu Wort, „aber ich müsste mich jetzt um die Überweisungen kümmern."

„Jan-Willem, du musst dich nicht erst abmelden", sagte Jenny. „Wir beide reden sowieso gerade über alte Zeiten, und das meiste davon würde dich ohnehin nur langweilen, weil du nicht mit dabei warst."

„Okay, danke", sagte er und zog sich zurück.

Jenny deutete auf die Hocker, die vor der Empfangstheke standen. „Im Sitzen lässt es sich besser reden, glaube ich."

„Ich werde dir nicht widersprechen", gab Rainer zurück.

„Außer es geht um deinen Beruf", meinte sie grinsend.

„Außer es geht um meine Ruhe", stellte er richtig. „Ich will hier nur Rainer Trompeter sein, der Privatmensch, aber nicht Arnold Shaeffer, der preisgekrönte Maskenbildner aus Hollywood ..."

„Der Oscar-Preisträger", ergänzte Jenny.

„Ja, den habe ich auch bekommen", räumte er ein. „Aber nicht für die Arbeit, für die ich den Oscar eigentlich verdient hätte. Nur weil dieser Herzschmerzfilm so viele Millionen Menschen ins Kino gelockt hat, wurde dem auch noch der Oscar für die besten Masken hinterhergeworfen."

„Aber du hast die Auszeichnung trotzdem im Jahr darauf bekommen."

„Das ja, aber für eine mittelmäßige Arbeit, weil man mich im Jahr davor übergangen hatte." Er zuckte mit den Schultern. „Das ist so ähnlich wie ein Oscar fürs Lebenswerk. Man ist auch bei zwanzig Nominierungen nicht ein einziges Mal besser als die Konkurrenz. Und zum Trost wird man fürs Lebenswerk ausgezeichnet, was ja so grandios gar nicht gewesen sein kann ..."

„Klar, weil man ja vorher nie gewonnen hat", sagte Jenny. „Das kann ich nachvollziehen. Doch jetzt verrat mir endlich, wieso du mit zwei Koffern hier hereinspaziert bist."

Er räusperte sich, während Sietske vorbeikam und eine Handvoll Servietten auf einen der Tische legte. Mit gespielter Geschäftigkeit wartete er, bis Sietske nicht mehr zu sehen war, bevor er antwortete: „Weil ich beschlossen habe, eine Auszeit zu nehmen. Hollywood geht mir auf den Geist. Ich weiß gar nicht, wie ich das zwanzig Jahre lang ausgehalten habe. Ständig dieses falsche Lächeln und die gegenseitige Bewunderung und Verehrung. Und sobald du jemandem den Rücken zudrehst, marschiert er geradewegs zum anwesenden Produzenten und schwärzt dich wegen irgendeiner unüberlegten Äußerung an. Dann bist du den nächsten großen Job los, ohne dass du weißt, wem du eigentlich was getan hast. Meine Söhne dürfen sich damit herumschlagen, die sollen meine Werkstatt sowieso irgendwann übernehmen. Ich will jetzt erst mal meine Ruhe haben."

„Die hast du hier", versicherte sie ihm. „Wie lange willst du bleiben? Vier Wochen? Fünf Wochen?"

„Oh, ich dachte eher an sechs oder sieben Monate. Wenn das kein Problem darstellt."

„Warum sollte das ein Problem sein?“ Sie schüttelte den Kopf. „Ich habe drei, vier Gäste, die sich auch für ein paar Monate hier einquartieren. Es gibt auch einen ordentlichen Rabatt auf den normalen Zimmerpreis.“

„Hast du hier auch so was wie eine Suite?“, wollte er wissen. „Früher haben mir diese kleinen Zimmer nichts ausgemacht. Und eine Woche könnte ich's schon auf ein paar Quadratmetern aushalten, notfalls auch noch länger. Aber es wäre schön, wenn du etwas verschwenderisch Großes hättest.“

„Natürlich habe ich das im Angebot", antwortete sie und fügte grinsend hinzu: „Die Koningskamer nimmt das halbe Dachgeschoss in Anspruch. Die habe ich schließlich nur eingerichtet, weil ich wusste, dass du eines Tages eine Auszeit in Zeeland nehmen wirst. Dafür wollte ich gewappnet sein.“

Er lachte. „Das könnte ich fast noch glauben. Aber sag mal, wieso bist du hier und nicht in Lissabon?“

„Der Süden ist nichts für mich. Alles, was südlicher liegt als Zeeland, ist nicht meine Welt“, erwiderte sie. „Vor allem meine Mutter fühlt sich da unten pudelwohl. Meinem Vater ist es ziemlich egal, ob es kalt, warm oder brütend heiß ist. Ich bin hier in meinem Element.“

„Und wie kommt es, dass du dich hier in Zuiderdijk niedergelassen hast, anstatt die Pension deiner Eltern in Westkapelle zu übernehmen?“

„Meine Eltern hatten mir die alte Pension sogar überlassen“, erzählte sie. „Ich sollte mit dem Haus und dem Grundstück machen, was ich für richtig hielt. Verkaufen war genau das, was ich wollte.“

„Aber die Pension lief doch gut“, wandte Rainer ein. „War das nicht ziemlich riskant, das alte Zuhause zu verkaufen und hier neu anzufangen?“

Sie schüttelte den Kopf. „Nein, ganz im Gegenteil. Es nicht zu machen, wäre ein Fehler gewesen. Westkapelle wird seit einer Weile von immer mehr Touristen überlaufen. Und es wird nicht mehr allzu lange dauern, bis der Punkt kommt, an dem der Trubel einem großen Teil der Stammgäste zu viel wird und dann bleiben sie weg. Ich habe das Haus und das Grundstück nicht sofort verkauft, sondern erst noch zwei bis drei Jahre die Pension weiterbetrieben. Doch da gab es schon die ersten Klagen meiner Gäste, dass es draußen auf der Straße nachts zu laut ist. Und tagsüber waren etliche von ihnen gar nicht glücklich darüber, kaum aus dem Haus zu kommen, weil immer wieder Massen von Touristen vorbeiströmten. Wenn sich diese Unzufriedenheit erst mal herumspricht, dann verlieren mögliche Investoren das Interesse und damit sinken die Immobilienpreise.“ Sie machte eine vage Handbewegung. „Man könnte sagen, dass mir für unsere alte Pension ein Angebot gemacht wurde, dass ich nicht ausschlagen konnte.“

„Und dann hast du ein paar Kilometer weiter nördlich gleich eine neue Pension eröffnet“, sagte er und nickte beeindruckt.

„Ja, aber das Hauptgebäude hier war vorher schon eine Pension gewesen“, antwortete sie. „Ich bekam das Haus mehr oder weniger geschenkt, weil der Eigentümer kurz zuvor verstorben war und der einzige Sohn nach Australien ausgewandert ist, wo er es zum Multimillionär gebracht hatte. Er wollte den Verkauf so schnell und so unkompliziert wie möglich abwickeln. Und da ich als Erste angefragt habe, überließ er mir die Pension für einen Spottpreis.“

„Glückspilz“, kommentierte Rainer.

„Von dem Geld, das ich hier eingespart habe, konnte ich die beiden angrenzenden Einfamilienhäuser dazukaufen, die glücklicherweise gerade leerstanden“, fuhr sie fort. „Damit habe ich die Zahl der Betten verdoppelt.“

„Und die Gäste fallen entsprechend ein?“, fragte er.

Sie nickte und lächelte zufrieden. „Fast all unsere Gäste aus Westkapelle sind uns hierher gefolgt. Und sie sind von Zuiderdijk so begeistert, dass sie uns ihren Freunden und Bekannten weiterempfehlen. Hier gibt es nicht so viele Lokale und bei denen handelt es sich durchweg um Restaurants.“

„Also keine Wirtschaft, in die man gehen kann, nur um zu trinken?“

„Richtig. Das macht dieses Dorf so uninteressant für die Leute, für die Urlaub in erster Linie darin besteht, sich jeden Tag zu betrinken. Ich hoffe, das bleibt hier auch noch lange so.“

„Wie sieht es denn mit der Konkurrenz für dich aus?“, wollte Rainer wissen. „Gibt es noch andere Pensionen? Oder Hotels?“

„Nein, nur Privatleute, die ein Zimmer oder eine umgebaute Garage auf dem Hinterhof an Touristen vermieten“, erwiderte sie. „Keine Konkurrenz für mich. Wer will, kann drei Mahlzeiten am Tag buchen. Das spart eine Menge Geld im Gegensatz zu täglichen Restaurantbesuchen und darauf achten viele meiner Gäste.“

„Also ein richtig schöner, rundum langweiliger Urlaubsort“, stellte er amüsiert fest. „Und man muss nicht mal das Haus verlassen, um ein Mittagessen oder ein Abendessen zu bekommen.“ Er nickte angetan. „Es war richtig von mir herzukommen. Ich brauche so einen Ort, an dem einfach gar nichts passiert.“

Jenny musste lachen, während sie mahnend den Zeigefinger hob. „Einfach gar nichts stimmt so nicht. Dienstags müssen wir bis um sieben Uhr morgens die Mülltonnen rausstellen.“

Rainer verzog das Gesicht. „So viel Aufregung ist nicht gut für mich, glaube ich.“ Er stutzte, als ihm auffiel, dass Jenny einen der Tische mit einem düsteren Blick bedachte. „Stimmt irgendwas nicht?“, fragte er besorgt.

„Nein, nein, alles in Ordnung“, beteuerte sie.

„Na, komm schon, Jenny“, erwiderte Rainer. „Ich kenne dich gut genug, um zu wissen, wann etwas nicht in Ordnung ist. Und das ist jetzt gerade der Fall.“

„Na ja, es ist einfach seltsam“, brachte sie nach kurzem, nachdenklichem Schweigen heraus.

„Was ist seltsam?“

„Einer meiner Gäste ist verschwunden“, sagte sie.

„Verschwunden? Saß er eben noch da und ist jetzt weg?“

„Nein, er ist nicht zum Frühstück erschienen.“

„Dann hat er wohl verschlafen“, meinte Rainer.

„Ich habe seine Codekarte überprüft. Er hat gestern Abend um kurz nach halb zehn sein Zimmer verlassen und ist seitdem nicht wieder aufgetaucht.“ Jenny seufzte. „Es würde mich nicht so irritieren, wenn er nicht gestern nach dem Abendessen ausdrücklich gesagt hätte, dass er heute Morgen eine große Portion Rührei haben wollte."

„Na, wenn du jetzt nicht weißt, wohin damit, dann kannst du mir das Rührei überlassen", scherzte er.

Aber sie blieb ernst und schüttelte flüchtig den Kopf, um ihm zu signalisieren, dass sie das Ganze nicht lustig fand. „Möchtest du was essen?", fragte sie. „Oder etwas trinken? Entschuldige, aber daran habe ich bis jetzt nicht gedacht, weil ich viel zu erstaunt war, dich nach so langer Zeit wiederzusehen."

„Kein Problem, Jenny", versicherte er ihr. „Wenn ich was haben möchte, melde ich mich schon, okay?"

Sie lächelte ihn an. „Ja, okay."

„Was deinen verschwundenen Gast angeht", überlegte Rainer, „hat er vielleicht gestern Abend eine nette Dorfbewohnerin kennengelernt und die Nacht mit ihr verbracht. Da wäre es doch kein Wunder, wenn er darüber vergisst, dass hier eine große Portion Rührei auf ihn wartet."

Jenny seufzte frustriert. „Natürlich wäre das möglich, aber ich werde das Gefühl nicht los, dass ihm etwas zugestoßen ist."

„Ah", machte Rainer und musste unwillkürlich lächeln. „Du meinst, ihm hat womöglich ein Scharfschütze aufgelauert, angeheuert von einem wütenden Ehemann, der davon überzeugt ist, dass dein Gast eine Affäre mit seiner Frau hat?"

„Ausgeschlossen ist so was doch nicht", gab sie zurück.

„Bist du immer noch so ein Krimi-Fan wie damals?", fragte Rainer.

„Ja, aber was hat das ...“ Sie riss ungläubig die Augen auf. „Moment mal, willst du mir unterstellen, ich würde gleich ein Verbrechen vermuten, nur weil ich Krimis liebe?“

„Weißt du was, Jenny?“, sagte er. „Was hältst du davon, wenn wir beide ein bisschen auf dem Deich spazieren gehen, um da weiterzureden?“

Sie verschränkte die Arme vor der Brust. „Hast du Angst, ich könnte mich vor meinen Angestellten und meinen Gästen zum Gespött machen, wenn jemand meine Mordtheorie mitbekommt?“

Rainer legte seine Hand auf ihre Schulter. „Nein, ich befürchte vielmehr, dass spätestens morgen die wildesten Gerüchte die Runde machen, wenn irgendjemand mitbekommt, welche Möglichkeiten du in Betracht ziehst.“

„Oh.“ Jenny verzog den Mund. „Daran hatte ich gar nicht gedacht. Stimmt, draußen können wir ungestörter reden.“

„Gut. Dann bringe ich mein Gepäck nach oben, mache mich kurz frisch und danach können wir losgehen.“ Er ging zurück zu seinen Koffern.

„Und du willst wirklich nicht vorher noch etwas essen oder trinken?“, vergewisserte sie sich.

„Wenn du dir unbedingt Umstände machen willst, dann hätte ich gern ein ... wie hieß das ... ein Broodje Kaas. Mit jungem Gouda.“

„Sollst du bekommen“, versprach sie ihm und steckte ihm die Codekarte für sein Zimmer in die obere Jackentasche, da er bereits die Koffer in den Händen hielt.

Als sie die steile Treppe bewältigt hatten, die auf der anderen Straßenseite schräg gegenüber der Pension hinauf zum Deich führte, blieben sie stehen und drehten sich um, weil Rainer einen Blick auf das idyllische Dörfchen Zuiderdijk werfen wollte. Von einem Meer aus roten Ziegeldächern zu reden, wäre sicher übertrieben gewesen. Das Rot reichte nicht bis zum Horizont, sondern nur bis zu einem ausladenden Wald, der im übertragenen Sinn das gegenüberliegende Ufer von Zuiderdijk darstellte. Lediglich die Kirche und der Leuchtturm ragten hoch über die Dächer hinaus – und in gewisser Weise galt das auch für Jennys Pension: Ihr Gebäude war das Einzige im Ort, das noch ein zweites Stockwerk hatte. Allerdings wirkte sich dieser Umstand nicht nachteilig aus, da der Dachfirst noch unterhalb der Deichkrone lag und die Sicht auf das Dorf dadurch nicht beeinträchtigt wurde. Zudem stand das Haus genau an der Straße, die direkt am Deich entlang verlief, sodass es nicht einmal Nachbarn gab, die gegenüber wohnten und sich in ihrem Sichtfeld eingeschränkt fühlen konnten.

„Huis Zonnebloem", las er den Namen vor, der in großen weißen Buchstaben auf dem Dach geschrieben stand, um Touristen auf dem Deich auf sich aufmerksam zu machen. „Bei uns würde deine Pension Haus Bienlein heißen."

„Bienlein? Nicht Sonnenblume?", fragte Jenny verwundert und zog den Reißverschluss ihrer leicht gefütterten Jacke zu. Obwohl die Sonne schien, war es nicht so warm, wie man hätte vermuten können. Ein kräftiger Wind trieb die Wellen mit ihren weißen Schaumkronen in Richtung Küste und sorgte dafür, dass man lieber zu einem dünnen Pullover griff, wenn man das Haus verließ.

„Eigentlich müsste sie Pension Sonnenblume heißen", stimmte er ihr zu und genoss den kühlen Wind so sehr, dass er sich mit einem dünnen Jeanshemd und einem leichten Mantel begnügte, den er nicht mal zugeknöpft hatte. „Aber in *deinem* Fall würde sie trotzdem Bienlein heißen, weil ich mir sicher bin, dass du bei diesem Namen an Professor Zonnebloem gedacht hast. Ich kann mich noch gut daran erinnern, wie du damals die ‚*Tim und Struppi*'-Alben gelesen hast ..." Er bemerkte ihren fragenden Blick. „Was bei euch ‚*Kuifje*' heißt. Das waren ja auch immer kleine Krimis." Jetzt nickte sie verstehend. „Euer Professor Zonnebloem heißt bei uns Professor Bienlein. So viel wie kleine Biene."

„Dir entgeht auch nichts, wie? Du bist wirklich gut", sagte sie. „Zu gut. Und du weißt zu viel. Ich werde dich verschwinden lassen müssen. Ganz unauffällig."

„Sag mir, wenn ich dir dabei behilflich sein kann", konterte er ironisch. „Vielleicht die Axt halten? Oder die giftige Tinktur rühren?"

„Ich werde dir schon Bescheid sagen", erwiderte sie und zeigte auf die beiden einzigen markanten Punkte von Zuiderdijk. „Da rechts siehst du unseren Leuchtturm, der aber schon vor Jahren abgeschaltet wurde. Besichtigen kann man ihn aber immer noch."

„Und viele viele Stufen bewältigen. Danke, aber das ist nichts für mich." Nachdenklich betrachtete er das schmale, hohe Bauwerk. „Ich könnte schwören, dass ich hier früher mal durchgefahren bin und den weißrot gestreiften Leuchtturm gesehen habe, nicht komplett in Backsteinrot."

„Deine Erinnerung trügt dich nicht, Rainer", antwortete sie. „Früher hatte der Leuchtturm weiße Streifen, aber nicht von Anfang an. Irgendwann hat irgendwer beschlossen, ihm weiße Streifen zu verpassen. Aber als daraus ein Denkmal werden sollte, stellte man fest, dass das nicht der Originalzustand war. Also wurde erst mal die weiße Farbe entfernt, ehe er zum Denkmal werden konnte."

„Interessant. Und die Kirche?", wollte er wissen und zeigte nach links. „Ist das noch eine Kirche?"

„Auch schon lange nicht mehr." Jenny musste grinsen und stupste ihn an, damit er sich umdrehte und sie auf dem Deich entlanggehen konnten. Am Strand rechts von ihnen waren ein paar Leute mit ihren Hunden unterwegs, die sich jetzt wieder dort tummeln durften, nachdem die letzten Touristen abgereist waren. „Das Kuriose daran ist, dass die Menschen aus Zuiderdijk auf dem Platz rund um die Kirche einen Markt haben wollten. Doch die Kirchenleitung hat sich immer geweigert, den Platz dafür freizugeben. Nachdem die Kirche dann keine Kirche mehr war, hat die Gemeinde beschlossen, sie in eine Markthalle umzubauen, in der die Händler vor Wind und Wetter geschützt ihre regionalen Waren anbieten können. Es war ein voller Erfolg und das ist bis heute so geblieben."

„Und ein Tritt in den Hintern der Kirchenoberen, würde ich sagen."

„Wir hatten alle unseren Spaß auf deren Kosten", bekräftigte Jenny amüsiert, wurde dann aber ernst. „Lass uns über meinen verschwundenen Gast reden, Rainer."

Er schüttelte den Kopf. „Erst will ich wissen, ob du immer noch so eine Krimifanatikerin bist wie früher, als du dir so gut wie jede Krimiserie angesehen hast."

„Nicht so gut wie jede“, stellte sie schnell klar. „All das blutrünstige Zeug wollte ich nie sehen und das will ich heute auch noch nicht. Mich interessiert mehr, wie die Polizisten ermitteln und wie sie dann den Täter überführen. Du weißt schon: So wie bei ‚*Derrick*‘ und ‚*Der Alte*‘ und ‚*Baantjer*‘.“

„Was ist ‚*Baantjer*‘?“, fragte er.

„Ach, stimmt, die kannst du ja gar nicht kennen. Die lief nur bei uns“, antwortete sie. „‚*Baantjer*‘ ist so was wie der ‚hollandse Derrick‘, aber noch viel cooler.“

„Also jung und dynamisch?“

„Ganz im Gegenteil. Commissaris de Cock ist eher so ein Typ, bei dem man denkt, dass er nächste Woche pensioniert wird. Der wirkt immer total entspannt, geht von einem Verdächtigen zum nächsten, stellt Fragen, macht Notizen und kurz vor Ende präsentiert er den Mörder, wenn er sich ganz sicher ist, dass er den Richtigen hat.“

Rainer runzelte die Stirn. „Wenn der Kommissar de Cock heißt, wer ist dann dieser ‚*Baantjer*‘?“

„So heißt der Mann, der die Romane geschrieben hat, nach denen die Serie entstanden ist“, erklärte sie. „Aber nur weil ich Krimis liebe, heißt das nicht, dass ich überall Mord, Raub und andere Verbrechen sehe.“

„Du meinst, so wie damals, als deine beste Freundin entführt worden war, nur weil sie nicht wie verabredet an eurem Stammtreffpunkt erschienen war?“, fragte Rainer schmunzelnd. „Oder als du die Polizei angerufen hast, weil du davon überzeugt warst, dass euer Klassenlehrer seine Frau im Keller gefangen hielt? Oder als ...“

„Schon gut, hör auf!“, ging sie dazwischen. „Damals war ich zehn oder elf. Da haben solche Geschichten eine ganz andere Wirkung. Heute sehe ich nicht überall Mörder oder Entführer oder was weiß ich. Trotzdem bin ich mir sicher, dass meinem Gast etwas zugestoßen ist.“

„Kannst du ihn nicht anrufen?“

„Das habe ich heute früh schon versucht, als ich festgestellt habe, dass er nicht zurück ins Haus gekommen ist“, antwortete Jenny frustriert. „Dummerweise ist der Teilnehmer nicht erreichbar.“

„Dann ruf die Polizei an, wenn dir das so zu schaffen macht“, schlug er vor.

Sie warf ihm einen Seitenblick zu. „Dann glaubst du mir? Dass ihm etwas zugestoßen ist?“

Sofort hob er abwehrend die Hände. „Nicht so hastig, Blondie. Ich glaube dir, dass du beunruhigt bist, aber aus meiner Sicht spricht nichts für ein Verbrechen oder ein Unglück. Ich sage nur, dass du deine Beobachtung der Polizei melden könntest. Wenn du seinen Namen und eine Personenbeschreibung liefern kannst, dann können die sich umhören, ob er zum Beispiel in einen Unfall verwickelt war und im Krankenhaus liegt.“

Jenny verzog den Mund. „Leider habe ich das schon versucht, aber der zuständige Agent ...“

„Agent ist ein einfacher Polizist, richtig?“, unterbrach er. „Ich habe in zwanzig Jahren zwar einiges vergessen, aber ich glaube, das ist noch im Hirn.“ „Richtig, Rainer“, sagte sie. „Auf jeden Fall meinte er, ich müsste mindestens achtundvierzig Stunden warten, wenn ich keinen konkreten Anhaltspunkt für ein Verbrechen habe.“

„Hat er das näher definiert?“

„Nein, er sagte nur, mein Gefühl würde nicht zählen, auch nicht meine Gewissheit.“

„Dann frage ich mich, was zählt“, sagte Rainer und ließ den Blick über das Meer schweifen. Möwen kreisten kreischend dort über dem Wasser, wo ein kleiner Fischkutter seine Netze ausgeworfen hatte. Einige Frachtschiffe waren nahe der Küste unterwegs, da sie wohl den Hafen von Antwerpen ansteuerten.

„Seine Leiche“, flüsterte Jenny.

„Wenn du erst mal seine Leiche gefunden hast, dann musst du ihn ja nicht mehr als vermisst melden“, gab er zurück.

„Nein, seine Leiche“, wiederholte sie. „Da unten liegt *seine Leiche*.“

2. Kapitel

„Was redest du da?“, fragte Rainer verwundert und drehte sich zu ihr um.

Jenny zeigte nach unten auf die Büsche, die am Rand des Deichs gepflanzt worden waren, um Spaziergänger dazu zu zwingen, nur die angelegten Treppen zu benutzen, aber nicht an jeder beliebigen Stelle den Deich platt zu trampeln.

„Da liegt er“, flüsterte sie. „Da unten! Das ist Markus Sänger, mein vermisster Gast!“

Er stellte sich zu ihr, beugte sich vor und kniff die Augen zusammen. „Wie willst du das bitte erkennen? Mir ist ja nicht mal klar, was ich da überhaupt sehe.“

„Der Mann liegt längs unter den Büschen. Die Füße links, der Kopf rechts“, erklärte sie. „Mir war seine etwas ... sagen wir mal extravagante Farbkombination schon am ersten Tag aufgefallen. Da trug er diese gelbe Jacke mit roten Streifen. Sie war mir direkt aufgefallen, weil er von Weitem genauso wie einer von diesen Paketauslieferern aussah. Dazu diese weinrote Hose und diese Sneakers in Schwarz und Giftgrün.“

„Jemand läuft freiwillig so durch die Gegend?“, wunderte sich Rainer.

„Sagt der Mann, der in Hollywood jahrelang von noch exotischeren Vögeln umgeben gewesen ist“, konterte sie.

„Ja, aber das war das schrille Hollywood, nicht das beschauliche Zuiderdijk in Zeeland“, erwiderte er.

„Vielleicht war Sänger ja auch schon mal da und hat den Stil von da mitgebracht.“

Rainer sagte nichts, sondern ließ sich ihre Beschreibung der Kleidung dieses Mannes noch einmal durch den Kopf gehen. Stück für Stück begriff sein Verstand das Bild, das sich ihm bot. Und dann auf einmal konnte er genau erkennen, was Jenny sofort durchschaut hatte. Da lag tatsächlich eine Person im Gebüsch, die keine Anzeichen dafür erkennen ließ, dass sie noch lebte.

Rainer schaute nach links und rechts. „Es kommt keiner, lass uns hier runtergehen“, sagte er und setzte vorsichtig einen Fuß vor den anderen, um auf dem feuchten Gras nicht auszurutschen.

Jenny folgte ihm. Am Gebüsch ging sie in Höhe des Kopfs neben dem Toten in die Hocke. Eine innere Stimme ermahnte sie, nicht gleich vom Schlimmsten auszugehen, denn Markus Sänger war womöglich nur ohnmächtig.

Da er mit dem Rücken zu ihr lag, musste sie ihn ein Stück weit zu sich drehen. Der Kopf hing nach rechts. Doch als sie mit Rainers Hilfe fest genug an dem Körper zog, rollte er sich auf einmal wie von selbst auf den Rücken. Durch den Schwung kippte auch sein Kopf nach links, sodass seine Augen Jenny mit leerem Blick anstarrten.

Sie brauchte einen Moment, um sich von diesem erschreckenden Anblick zu erholen und sich auf das Wesentliche zu konzentrieren. „Das *ist* Markus Sänger", sagte sie mit absoluter Gewissheit. Sie hatte den Mann in den letzten paar Tagen etliche Male gesehen und sich immer über dies und jenes unterhalten, weshalb es keinen Zweifel an seiner Identität gab. Und an der Tatsache, dass er tot war. „Sieh dir mal seinen Hals an", bat sie Rainer, da er so aussah, als hätte jemand mit einem Messer ringsherum eine tiefe Kerbe hineingeritzt.

„Er wurde wohl mit einem Draht stranguliert", erklärte Rainer. „Sieh dir nur an, wie tief der sich ins Fleisch geschnitten hat."

Jenny sah ihn erstaunt an. „Bist du Fachmann für so was?"

„Ja, bin ich", gab er zurück. „Aber nicht, was du denkst. Ich hatte das ‚Vergnügen', für einen Film gleich fünf Schauspielerinnen mit solchen Maskenteilen zu versehen, damit es exakt so aussieht wie mit einem Draht stranguliert."

„Dann wirst du wohl recht haben", stimmte sie ihm zu und griff nach dem Smartphone, um den Notruf zu wählen. Als ihr Anruf endlich angenommen wurde, schilderte sie ihren Fund. „Es kommt so schnell wie möglich jemand her", sagte sie, nachdem sie wieder aufgelegt hatte.

„Na, dann bin ich mal gespannt, wie schnell ‚so schnell wie möglich' ist", kommentierte Rainer.

„Vor allem frage ich mich, was wir jetzt machen sollen", überlegte Jenny. „Ich meine, wenn wir hier weiter rumstehen, wird irgendwer aus der Nachbarschaft auf uns aufmerksam werden und uns fragen, was denn los ist. Wenn wir gehen und lassen ihn so liegen, bemerken ihn andere und kommen auch noch her, um sich anzusehen, wer da liegt und was wohl passiert ist."

Rainer kratzte sich nachdenklich am Kinn und sah sich wieder um. „Sag mal, hinter den Bäumen da befindet sich doch dein Gästeparkplatz, richtig?"

„Ja, richtig."

„Dann bin ich gleich wieder da", sagte er und schob zwei Büsche auseinander, um auf die andere Seite der Hecke zu gelangen.

Unterdessen stand Jenny da und betrachtete ihre Umgebung, da sie sich fragte, wo Sänger von seinem Mörder angegriffen und getötet worden sein mochte. Hatte sich die Tat oben auf dem Deich ereignet? Ja, das war durchaus möglich, weil sich dieser Abschnitt genau zwischen zwei Laternen befand und damit so sehr im Dunkeln lag, dass selbst ein Beobachter des Mordes nichts Genaues hätte erkennen können. Außerdem war die Stelle weit genug von den Häusern unten am Deich entfernt, sodass das Risiko eines zufälligen Augenzeugen schon deutlich geringer war. Hatte er ihn einfach hier runterrollen lassen, ohne sich weiter um sein Opfer zu kümmern? Sie sah sich den Toten genauer an, kam aber zu dem Schluss, dass das wohl nicht der Fall gewesen war. Seine Kleidung war weitestgehend sauber und das wäre kaum möglich gewesen, wenn er über das Gras gerollt wäre. Erde und ein paar Halme wären sicher am Stoff hängengeblieben.

Etwas verwunderte sie in diesem Moment über alle Maßen: Sie sah heute zum ersten Mal in ihrem Leben einen toten Menschen und dazu noch jemanden, der einem Mord zum Opfer gefallen war. Sie hatte immer gedacht, dass sie so reagieren würde wie viele Leute in ihren Lieblingskrimis, die nach einem Blick auf den Toten erst mal ins Gebüsch liefen, weil sie sich übergeben mussten.

Aber das war nicht der Fall. Stattdessen war sie die Ruhe selbst und machte sich darüber Gedanken, wie sie mit dem Toten am besten verfahren sollten, bis die Polizei eintraf. Sie hatte nicht mal vor Schreck aufgeschrien, sie war nicht verängstigt zurückgewichen oder vor Entsetzen nicht in der Lage, einen zusammenhängenden Satz zu bilden.

Es erschien ihr nicht sehr überzeugend, dass die vielen Filmtoten sie hatte abstumpfen lassen. Denn da war ihr ja immer klar gewesen, dass es sich bei ihnen um Schauspieler handelte, die nach der Szene wieder quicklebendig waren. Im Fall von Markus Sänger wusste sie, dass er nicht wieder aufstehen würde. Aber vielleicht war es ja diese Gewissheit, nichts mehr tun zu können, die ihr diese innere Ruhe gab. Womöglich wäre es anders gewesen, wenn sie ihn schwer verletzt vorgefunden hätten und jetzt darum bangen müssten, dass die Ambulanz rechtzeitig eintraf, um ihn ins Krankenhaus zu bringen und sein Leben zu retten. Ja, vermutlich wäre sie dann ein Nervenbündel gewesen, wenn sie gewusst hätte, dass es auf jede Sekunde ankam. Für Markus Sänger kam dagegen jede Hilfe zu spät. Das Einzige, was man für ihn noch tun konnte, war die Überführung und Verurteilung seines Mörders.

„Da bin ich", rief Rainer ihr zu, der sich soeben wieder zwischen den Büschen hindurchgezwängt hatte und ihr eine große graue Plastikplane präsentierte. „Die ist für den Dachgepäckträger gedacht. Darum ist sie groß genug, um sie über deinen Toten zu legen."

„Er ist nicht mein Toter", widersprach Jenny, griff nach einem Ende der Plane, hielt dann aber inne. „Augenblick", sagte sie und zog ihr Smartphone aus der Tasche, tippte auf das Kamerasymbol und schoss Fotos von dem Toten.

„Jetzt sag nicht, du machst zum Andenken ein paar Fotos", knurrte Rainer ungehalten, der sein Ende der Plane noch festhielt.

„Ich würde es liebend gern nicht machen", versicherte sie ihm. „Aber ich will mich nicht auf mein Gedächtnis verlassen müssen, wenn die Polizei nach drei oder vier Wochen noch mal vorbeikommt und weitere Fragen hat. Bis dahin hat sich in der Pension und ringsherum so viel ereignet, dass ich irgendein Detail längst vergessen habe."

„Ich wüsste zwar nicht, welches Detail so wichtig sein könnte", entgegnete Rainer, „aber prinzipiell hast du sicher recht. Wir neigen alle dazu, in unserer Erinnerung das eine oder andere zu verändern, wenn nur genügend Zeit verstrichen ist. Da sind Fotos schon besser, weil sie unbestechlich sind. Jedenfalls solange sie niemand bearbeitet."

„Danke", sagte sie leise und machte weitere Fotos auch von der Umgebung, um die Stelle zweifelsfrei wiederfinden zu können. Als sie das Gefühl hatte, jeden maßgeblichen Winkel erfasst zu haben, steckte sie ihr Smartphone wieder ein, griff nach dem anderen Ende der Plane und breitete sie über dem Toten aus. „Wir sollten am besten auf dem Deich warten, bis die Polizei kommt. Da oben finden sie uns am leichtesten und von hier aus gelangen sie auch besser an den Toten."

„Keine Einwände von meiner Seite", sagte Rainer und folgte ihr zurück auf die Deichkrone. Ein paar Radfahrer waren dort unterwegs, aber keine anderen Spaziergänger.

„Du wirkst sehr gefasst, Jenny", stellte er fest, nachdem sie eine Weile schweigend Seite an Seite dagestanden hatten und jeder von ihnen seinen Gedanken nachgehangen war.

„Ja, das war mir selbst schon aufgefallen, als du die Plane geholt hast." Sie schilderte ihm, zu welcher Erkenntnis sie gekommen war.

Rainer konnte ihr nur zustimmen, denn er hatte sie als mitfühlenden Menschen kennengelernt, auch wenn sie da erst dreizehn oder vierzehn gewesen war.

„Du bist aber auch die Ruhe selbst", entgegnete Jenny schließlich.

„Das bringt wohl der Beruf als Maskenbildner so mit sich", antwortete er und verzog den Mund. „Jeden Tag modellierst du blutende Fleischwunden, Verbrennungen jeden Grades, Verletzungen wirklich aller Art. Da denkst du nach einer Weile ..." Er unterbrach sich. „Halt mich bitte nicht für herzlos oder pietätlos, wenn du das gleich hörst. Aber wenn ich bei deinem Ex-Gast diese Verletzung sehe, dann denke ich: ‚Ach, so sieht das in echt aus? Davon kann ich mir was abgucken.' Bei anderen Fotos von Verletzungen denke ich dann wieder: ‚Also, wenn ich so was mache, dann sieht das aber viel besser aus.' Glaub mir, ich hasse mich selbst dafür."

„Das ist ja … ich weiß gar nicht, wie ich das bezeichnen soll“, murmelte Jenny und musste unwillkürlich auflachen, woraufhin sie erschrocken eine Hand vor den Mund hielt. „Oh, das … das wollte ich gar nicht, tut mir leid. Aber irgendwo hat das schon was Lustiges, muss ich sagen.“

„Das sind halt die üblichen Berufskrankheiten“, sagte er. „Ein Malermeister entdeckt bei jeder Wand auf Anhieb die eine Stelle, an der die Farbe nicht richtig aufgetragen wurde. Ein Korrektor sieht sofort die zwanzig Rechtschreibfehler auf der Speisekarte beim Italiener. Dich kann man in ein beliebiges Hotelzimmer irgendwo auf der Welt stellen und du siehst sofort, was beim Bett falschgemacht wurde, was nicht da steht, wo es hingehört, wo nicht Staub gewischt wurde und so weiter …“

„Solange es uns nicht zu herzlosen Menschen macht“, meinte Jenny, „ist noch alles in Ordnung.“

„Richtig“, stimmte er ihr zu und sah hinaus aufs Meer, während ihnen der Seewind ins Gesicht blies. „Wären wir das, dann könnten wir auch nicht eine solche Aussicht genießen.“

„Oh ja“, flüsterte Jenny und kniff die Augen zu, um das Meeresrauschen auf sich wirken zu lassen, das sie stets in einen tiefenentspannten Zustand versetzte, aus dem sie am liebsten gar nicht geweckt werden wollte. Etwas sagte ihr, dass sie diese intensive Entspannung jetzt noch genießen sollte, weil sie später kaum noch Gelegenheit dazu bekommen würde. Warum sie so empfand, konnte sie sich nicht erklären …

Die Erklärung erhielt sie nur eine Dreiviertelstunde später, als die Polizei eintraf, allen voran Commissaris

Ilse Ruijters, noch keine dreißig, sehr bestimmend und sicher auch sehr ehrgeizig – und sehr engstirnig, wie sich in den nächsten Minuten zeigen würde. Die dunkelbraunen Haare hatte sie streng nach hinten gekämmt und zu einem kurzen und so straffen Pferdeschwanz zusammengebunden, dass es so wirkte, als würde ihr ganzes Gesicht mit nach hinten gezogen. Vermutlich war sie nicht mal in der Lage, irgendeine Gefühlsregung zu zeigen, weil die Haut keinen Spielraum mehr hatte. Sie trug ein Jackett und eine Anzughose und machte den Eindruck einer Managerin, die nur kurz ein Meeting verlassen hatte, um frische Luft zu schnappen. Wobei die Sache mit dem Luftschnappen gar nicht so einfach zu sein schien, da das Jackett wie auf den Leib genäht saß und scheinbar nur flache Atemzüge zuließ.

„Guten Tag, ich bin Commissaris Ruijters", sagte sie in einem unverbindlichen Tonfall. „Sie haben uns informiert, dass Sie hier eine Leiche gefunden haben?"

„Ja, ich bin Jenny van Oosterburg", stellte sie sich vor und deutete mit einem Kopfnicken auf ihren Begleiter. „Und das ist Rainer Trompeter, ein guter Freund meiner Familie."

Die Polizistin, die in Begleitung von zwei uniformierten Polizisten auf den Deich gekommen war, nickte nur knapp und fragte. „Und wo ist die Leiche."

„Da unten am Fuß des Deichs", sagte Jenny und zeigte in die entsprechende Richtung.

Commissaris Ruijters stutzte. „Woher wussten Sie, dass unter der Plane eine Leiche liegt?"

„Der Tote lag nicht unter der Plane", erklärte Rainer. „Die haben wir eben über ihn gelegt, um ihn vor den Blicken von Gaffern zu schützen."

„Das heißt, Sie haben den Tatort verändert", sagte die Frau und schnaubte.

„Wir wollten nicht, dass jemand auf ihn aufmerksam wird und vielleicht auch noch Fotos im Internet postet", gab Jenny zurück. „Außerdem muss sich das nicht gleich im ganzen Dorf herumsprechen."

Die Polizistin gab ihren Kollegen ein Zeichen, dass sie nach unten gehen sollten, und folgte ihnen auf ihren flachen Schuhen, die sich mit ihrem sonst so adretten Outfit stachen.

Jenny und Rainer gingen hinter ihr her, da damit zu rechnen war, dass es Fragen zu beantworten gab. Als sie unten ankamen, zogen die beiden Polizisten die Plane weg und gaben sie an Rainer zurück, der mit Handzeichen seinen Besitzanspruch geltend gemacht hatte. Er nahm sie an sich und faltete sie ordentlich zusammen.

„Und so haben Sie ihn hier entdeckt?", fragte die Polizistin.

„Nein, er lag auf der rechten Seite unter der Hecke", erklärte Jenny. „Bemerkt habe ich ihn auch nur wegen seiner auffällig gefärbten Kleidung."

Die Polizistin sah sie eindringlich an. „Sie haben den Leichnam bewegt?"

„Ja", antwortete Jenny. „Wir mussten uns ja wenigstens vergewissern, dass er tot ist."

„Das hätten wir schon noch erledigt."

„Nachdem Sie fast eine Stunde gebraucht haben, um herzukommen, Mevrouw Commissaris?", konterte

Jenny. „Vielleicht hätte er noch gelebt, als wir ihn fanden, aber nicht eine Stunde lang durchgehalten. Hätte ich ihn sterben lassen sollen?"

„Sie haben die Position des Toten verändert, das ist nicht gut."

„Ich habe sie verändert, um festzustellen, ob er noch lebt!", beharrte sie. „Ich frage Sie noch einmal, Commissaris: Hätte ich ihn sterben lassen sollen? Dann wäre ich noch wegen unterlassener Hilfeleistung vor Gericht gestellt worden."

„Natürlich hätten Sie ihn nicht sterben lassen sollen, Mevrouw van Oosterburg. Aber es gibt auch andere Mittel und Wege, um festzustellen, ob ein mutmaßlich Toter auch tatsächlich tot ist."

„Tut mir leid", gab Jenny zurück. „Aber ich hatte das Handbuch für tausend unerwartete Situationen leider zu Hause vergessen. Außerdem war ich noch nicht bis zum Kapitel zehn ‚Tot oder nicht tot?' gekommen."

Die Polizistin ließ den vorwurfsvollen Ton von sich abprallen, als würde sie nur dabeistehen und das Geschehen beobachten. „Man kann der mutmaßlich toten Person auch einen Taschenspiegel vor Mund und Nase halten, um zu sehen, ob der Spiegel beschlägt."

„Ich hatte aber keinen Spiegel zur Hand."

„Man kann auch den Puls fühlen", gab sie zu bedenken.

Jenny verzog den Mund. „Wenn es danach ginge, wäre ich schon seit Jahrzehnten tot. Ich kann ja nicht mal meinen eigenen Puls ertasten."

Die Polizistin atmete seufzend aus und schüttelte den Kopf, bevor sie sich die Umgebung rund um den Toten ansah. Nach einem Blick auf Jennys und Rainers

Schuhe fuhr sie fort: „Ich muss wohl annehmen, dass da alles Abdrücke Ihrer Schuhsohlen sind, richtig?"

„Richtig", bestätigte Jenny. „Wir mussten ja schließlich erst feststellen, ob da wirklich jemand liegt oder ob nur irgendwer Kleidung da hingelegt hat. Ich glaube, Sie wären nicht hergekommen, wenn ich angerufen und gemeldet hätte, dass hier eine Jacke, eine Hose und ein Paar Schuhe so im Gebüsch liegen, dass es aussieht, als hätte man eine Leiche zurückgelassen."

Die Polizistin zog eine Augenbraue hoch.

„Sie dürfen gerne sagen, dass wir uns richtig verhalten haben", fügte Jenny mürrisch an. „Oder hätten Sie in den Medien lieber die Schlagzeile ‚Sterbender Mann liegt am Deich – fünfzig Spaziergänger schauen weg' gelesen?"

Commissaris Ruijters sah auf ihr Tablet, als würde dort die Antwort auf Jennys Frage zu finden sein. Schließlich murmelte sie: „Sie haben sich richtig verhalten. Trotzdem hätte ich es lieber gesehen, wenn der Tatort nicht verändert worden wäre." Als Jenny zu einem erneuten Protest ansetzen wollte, hob die Polizistin abwehrend die Hand: „Ja, ich weiß. Sie mussten sich erst mal vergewissern, ob da überhaupt jemand liegt, und Sie konnten nicht ohne Weiteres feststellen, ob die Person noch lebt. Beides kann aber dazu geführt haben, dass wichtige Spuren zerstört wurden, die uns zum Täter hätten führen können."

„Wie sollten wir das verhindern?", warf Rainer ein. „Jeder würde doch erst mal instinktiv versuchen, einen möglicherweise Schwerverletzten zu retten, wenn es nicht wirklich offensichtlich ist, dass derjenige ohne

Zweifel tot ist. Ich meine, man kann ja auch nicht zuallererst von einem Verbrechen ausgehen. Er könnte ja auch auf dem Deich das Bewusstsein verloren haben, ist zur Seite gekippt und die Schräge hinuntergerollt."

Die Polizistin hörte sich scheinbar geduldig alles an, was die beiden ihr zu sagen hatten, auch wenn es mehr als offensichtlich war, dass sie sie am liebsten einfach hätte stehen lassen. In gewisser Weise tat sie das auch, da sie Einweghandschuhe anzog, sich hinkniete und den Leichnam abtastete. „Ich verstehe, was Sie meinen, und ich verstehe auch das Dilemma, in dem man sich in einem solchen Moment befindet. Ich möchte Sie nur dafür sensibilisieren, möglichst wenig zu verändern, wenn Sie das nächste Mal einen Toten finden ..."

„... was hoffentlich nie geschehen wird", gab Jenny zurück. „Eine Leiche reicht mir fürs ganze Leben."

„Was können Sie mir über den Mann sagen?", wechselte Commissaris Ruijters das Thema.

„Er heißt Marcus Sänger, kommt aus Deutschland, hat einige Nächte in meiner Pension verbracht ..."

„Welche Pension ist das?"

„Die Einzige in Zuiderdijk. Huis Bie... Zonnebloem", antwortete sie und warf Rainer einen gespielt wütenden Blick zu, da er bei ihrem Versprecher zu grinsen begonnen hatte.

„Okay", sagte die Polizistin und machte eine Notiz.

„Er wollte noch bis nächste Woche bleiben. Gestern Abend ist er gegen halb zehn am Abend noch mal weggegangen. Für heute Morgen hatte er ausdrücklich Rührei bestellt, aber zum Frühstück ist er nicht mehr erschienen."

„Haben Sie ihn als vermisst gemeldet?"

„Das habe ich heute Morgen versucht, aber der Mitarbeiter in Ihrer Dienststelle, oder wo auch immer er gesessen haben mag, war der Meinung, dass ich so schnell noch keine Vermisstenmeldung machen könne“, erklärte Jenny.

„Dem Kollegen werde ich mal Bescheid geben müssen, dass es so nicht geht“, erwiderte die Polizistin.

„Oh, ich möchte aber nicht, dass der junge Mann meinetwegen Ärger bekommt!“

„Keine Sorge, es wird nur eine Ermahnung sein.“ Dann zeigte sie auf den Toten. „Er hat keine Papiere bei sich. Kann es sein, dass die sich noch in Ihrer Pension befinden?“

„Das ist möglich“, antwortete Jenny. „Ich habe heute früh nur einen flüchtigen Blick in sein Zimmer geworfen, um mich zu vergewissern, dass er nicht doch in der Nacht zurückgekommen ist und das System das nicht erfasst hat.“

„Gut, dann lasse ich anschließend einen meiner Leute zu Ihnen kommen, damit er nach den Papieren sucht und sich bei der Gelegenheit das Zimmer ansieht, ob Hinweise auf den Täter zu finden sind.“ Nach einer kurzen Pause fügte sie hinzu: „Vorausgesetzt, Sie haben dort nicht auch irgendwelche Veränderungen vorgenommen.“

„Keine Sorge“, antwortete sie ein wenig pikiert. „Während wir auf Ihre Ankunft gewartet haben, habe ich meinen Zimmermädchen gesagt, dass sie den Raum komplett in Ruhe lassen sollen.“

„Gut. Der Kollege wird bei der Gelegenheit auch die Personalien von Ihnen beiden aufnehmen“, fuhr sie fort. „Ach ja, und er wird von Ihnen beiden die Schuhsohlen fotografieren und Ihre Fingerabdrücke nehmen. Umso leichter finden wir vielleicht noch brauchbare Spuren, wenn wir wissen, was wir alles unberücksichtigt lassen können."

„Wir stellen alles zur Verfügung, was Sie benötigen, um diese grausige Tat aufzuklären", versicherte Jenny ihr. „Ich will schließlich wissen, wer meinen Gast auf dem Gewissen hat und warum Sänger sterben musste."

„Sie wissen aber, dass ich Ihnen während der Ermittlungen keine Auskunft darüber erteilen kann, was wir herausgefunden haben?", hakte die Polizistin nach.

„Ja, ich weiß", bestätigte Jenny. „Aber wenn von dem Täter Gefahr für andere Gäste ausgehen könnte, werden Sie mir doch Bescheid geben, nicht wahr?"

„Selbstverständlich, Mevrouw van Oosterburg", antwortete Commissaris Ruijters, doch ihre Worte klangen mehr wie eine dahingesagte Floskel.

Jenny konnte nur hoffen, dass dieser Eindruck täuschte und die übrigen Gäste in ihrer Pension vor dem Mörder sicher waren.

3. Kapitel

„Noch immer nichts?"

Jenny sah vom Lieferschein auf, der vor ihr zur Überprüfung auf dem Tresen lag, und drehte den Kopf in Richtung Treppe um, wo gerade Rainer die letzten Stufen auf dem Weg nach unten zurücklegte. Nachdem die Polizei den Fundort des Toten übernommen und sie beide von der Commissaris mehr oder weniger weggeschickt worden waren, hatte Rainer sich für eine Weile hingelegt, weil die Fahrt von seinem Zweitwohnsitz im Schwarzwald bis hierher nach Zuiderdijk zeitweise strapaziös gewesen war.

„Nein, noch nichts", sagte sie.

Er sah auf die Uhr. „Wir haben schon halb vier. Wann will diese Frau denn mal einen von ihren Leuten zu uns schicken?"

„Heute wohl nicht mehr", erwiderte sie. „Vor zehn Minuten habe ich mal nachgesehen. Eigentlich wollte ich hingehen und fragen, wann denn jemand herkommt, aber das konnte ich mir sparen."

Er kam zur Empfangstheke und sah sie verwundert an. „Wieso konntest du dir das sparen?"

„Weil niemand mehr da ist. Um kurz vor drei hatte ich mal einen Blick gewagt, da standen da hinten zwei

Streifenwagen, der Leichenwagen und noch ein Kombi, vermutlich die Spurensicherung. Und jetzt sind sie alle weg."

„Dann haben die uns vergessen?", fragte Rainer. „Wo gibt es denn so was?"

„Offenbar gibt es das hier", murmelte sie. „Mit unserer Polizei sind wir sowieso sehr unzufrieden. Okay, die sind unterbesetzt, da fehlen bestimmt zehn oder fünfzehn Leute allein für den Außendienst. Aber es kommt vor, dass man sich bei einer Ruhestörung erst bequemt loszufahren, wenn mindestens zwei Dutzend Beschwerden eingehen. Bei Schlägereien ist es nicht besser, auch wenn ich das sogar in gewisser Weise nachvollziehen kann. Ich hätte auch keine Lust, zwanzig volltrunkene junge Kerle voneinander zu trennen, die mit Holzlatten und Stühlen aufeinander einprügeln. Zumal man ja gar nicht weiß, wer womit angefangen hat und wen man vor wem beschützen soll oder auch nicht."

„Na ja, aber hier geht es um Mord", hielt Rainer dagegen. „Es gibt nicht mal den geringsten Zweifel daran. Dieser Mann ist auf brutale Weise umgebracht worden und der Täter läuft immer noch irgendwo da draußen herum."

Sie zuckte mit den Schultern. „Wenn die Polizei meint, der Fall ist nicht so wichtig, dann werde ich eben auf eigene Faust ermitteln. Der Himmel weiß, auf wen der Killer es sonst noch abgesehen hat. Vielleicht war es etwas Persönliches, dann wäre die Gefahr jetzt vermutlich gebannt. Aber wenn da ein Verrückter unterwegs ist, der beispielsweise einen Hass auf Touristen hat, sind alle meine Gäste in Gefahr, du eingeschlossen."

„Auf eigene Faust ermitteln?“, wiederholte er erschrocken. „Ist das nicht ein bisschen zu gefährlich? Ich meine, du hast doch gar keine Erfahrung. Und komm mir nicht mit deinen Krimis als Argument. Ein großer Teil geht völlig an der Realität vorbei. Wenn ich schon manche Dialoge höre! Der Kommissar klingelt, das Dienstmädchen macht auf. ‚Richten Sie dem Freiherrn aus, dass Herr Müller ermordet wurde.‘ Dienstmädchen zum Freiherrn: ‚Da ist ein Polizist, der sagt, dass Herr Müller ermordet wurde.‘ Freiherr zum Dienstmädchen: ‚Sagen Sie ihm, er soll in zwei Stunden wiederkommen. Ich lese gerade die Nachrichten von der Börse.‘ Und so geht das immer weiter. So läuft das aber nicht in der Realität. Einer macht dir gar nicht erst die Tür auf, der Zweite rennt weg und springt aus dem Fenster und der Dritte geht mit dem Messer auf dich los, noch bevor du deine erste Frage gestellt hast.“

„Hmpf“, machte sie verärgert, sagte aber weiter nichts, weil ihr kein Argument in den Sinn kommen wollte, dem er sich hätte geschlagen geben müssen.

„Du brauchst für so etwas unbedingt jemanden an deiner Seite“, redete er mit einem verschmitzten Lächeln weiter. „Jemanden, der dein Gegenüber von jeder Dummheit abhält. Und vor allem jemanden, der bezeugen kann, was tatsächlich geschehen ist, falls einer auf die Idee kommt, dich anzuzeigen, weil du ihn angeblich bedroht hast.“

„So jemanden könnte ich tatsächlich gebrauchen“, sagte Jenny, die nicht anders konnte, als strahlend zu lächeln, weil sie fast sicher wusste, worauf Rainer hinauswollte. „Fragt sich nur, wo ich so jemanden finden kann."

Er lehnte sich auf den Tresen und nickte nachdenklich. „Tja, wenn ich das wüsste. Es müsste jemand sein, der viel Zeit hat, der keine Termine wahrnehmen muss ... eigentlich jemand so wie ich."

„Hmmm", seufzte sie schwer. „Jemand so wie du dürfte schwer zu finden sein. Aber ... na ja, vielleicht hättest du ja Lust, vorläufig einzuspringen, bis ich endlich jemanden wie dich gefunden habe."

„Wenn die Bezahlung stimmt ...", erwiderte er grinsend.

„Bezahlung gibt es keine. Da muss dir meine Gesellschaft genügen", sagte Jenny.

„Wann kann ich anfangen?", wollte er wissen.

„Wenn es geht, jetzt sofort", antwortete sie.

„Jetzt sofort?", wiederholte Rainer verdutzt.

„Ja, jetzt sofort, weil ich nämlich genug davon habe, darauf zu warten, ob die Polizei heute noch vorbeikommt oder erst morgen oder vielleicht erst nächste Woche", erklärte sie. „Ich will mir Sängers Zimmer ansehen, weil ich den Grund für seine Ermordung herausfinden will."

„Das wird dieser Commissaris Ruijters aber gar nicht gefallen, fürchte ich", gab Rainer zu bedenken.

„Das Zimmer in meiner Pension ist nicht der Tatort", betonte sie. „Also kann mir auch niemand verbieten, das Zimmer zu betreten, schließlich will ich es ja an andere Gäste vermieten. Wir werden uns umsehen und wenn wir gar nichts Brauchbares finden, packen wir Sängers Sachen in eine große Kiste und stellen sie in den Keller, bis dieser Frau einfällt, dass sie ja noch einen Mord zu klären hat."

Rainer nickte. „Ja, ich denke, wenn du seine Sachen aufbewahrst, wird sie sich nicht beschweren können. Allerdings sollten wir Einweghandschuhe anziehen, damit diese Frau nicht wieder meckern kann."

„Auf jeden Fall", stimmte Jenny ihm zu. „Ich überprüfe nur noch schnell die letzten fünf Posten auf dem Lieferschein, damit ich den abzeichnen kann. Dann können wir loslegen."

„Kümmer dich um das, was zuerst fertig sein muss", sagte er. „Sängers Zimmer läuft uns nicht weg."

„Es sei denn, Commissaris Ruijters fällt in diesem Moment ein, dass sie etwas Wichtiges vergessen hat", hielt sie dagegen. „Aber falls sie auftauchen sollte, während wir oben in Sängers Zimmer sind, werde ich Sietske sagen, dass sie sie auf morgen vertrösten soll."

„Ich schätze, so einfach wird sie sich nicht abwimmeln lassen."

„Dann lassen wir sie warten, bis sie von selbst wieder geht", meinte Jenny voller Zuversicht. „Außerdem bin ich mir sicher, dass sie heute nicht noch mal herkommt. Wenn unterwegs nicht allzu viel los ist, können sie inzwischen kurz vor Vlissingen sein und dann winkt ja schon der Feierabend, weil jetzt erst mal die Gerichtsmedizin und das Labor an der Reihe sind, um mögliche Spuren zu sichern."

„Ja, zum Beispiel unsere Fingerabdrücke, die sie von uns nehmen wollten", fügte Rainer amüsiert an. „Spätestens dann werden sie merken, was sie vergessen haben."

„Vielleicht." Sie zwinkerte ihm zu, bevor sie sich wieder dem Lieferschein widmete.

Ein paar Minuten später waren sie auf dem Weg in den ersten Stock zum Zimmer von Markus Sänger.

„Ich glaube, nirgendwo auf der Welt gibt es so schmale und steile Treppen wie bei euch", merkte Rainer an, während er den Fuß seitlich auf die nächste Stufe setzte, da die für seine Schuhgröße viel zu kurz geraten waren.

„Wir denken eben platzsparend", erwiderte Jenny. „Wenn du ein kleines Haus hast, möchtest du keinen Platz vergeuden. Eine breite Treppe mit größeren Stufen ist genau das: Platzvergeudung."

„Und gleichzeitig unternehmt ihr etwas gegen ein zu großes Bevölkerungswachstum", sagte er lachend.

„Wieso das?"

„Weil ich mir sicher bin, dass in keinem anderen Land in Europa mehr Leute bei Treppenstürzen ums Leben kommen als hier", antwortete Rainer. „Treppen verzeihen schon unter normalen Bedingungen selten einen Fehltritt, aber eure Treppen sind förmlich eine Einladung, sich das Genick zu brechen."

„Nicht, wenn du das von Kindheit an gewöhnt bist", sagte Jenny.

„Sofern du die Kindheit überlebst", erwiderte er. „Und spätestens ab achtzig wird das Treppensteigen wieder zum Abenteuer."

„Na, dann hast du ja noch ein paar Jahre Zeit", rief sie ihm über die Schulter zu und zog ihre Codekarte aus der Brusttasche ihrer Weste.

Mit einer routinierten Handbewegung zog sie die Karte durch das Lesegerät neben der Tür, streifte die

Einweghandschuhe über und drückte die Klinke runter.

„Dann wollen wir mal“, murmelte sie und trat ein. Rainer folgte ihr und schloss die Tür hinter sich.

„Ich nehme mir den Schrank vor“, sagte sie und zeigte auf den Nachttisch und die kleine Kommode. „Sieh du dir die Schubladen an.“

Während er Strümpfe und Unterwäsche aus der Kommode holte und von dort zum Nachttisch ging, machte Jenny den Schrank auf und fand nichts weiter als zwei Pullover und eine Hose. Sie legte alles aufs Bett, ebenso den Schlafanzug, der auf einem Hocker neben dem Bett gelegen hatte. Auf der anderen Seite breitete Rainer seine Beute aus: eine Brieftasche, ein Smartphone und einen Wagenschlüssel. Jenny holte aus dem Badezimmer einen Rasierapparat und einen Kamm. In der Zwischenzeit legte er sich auf den Boden und sah unter dem Bett nach, ob dort noch etwas zu finden war.

Kopfschüttelnd stand er auf und holte die Reisetasche vom Schrank, die sich als leer entpuppte. Beide schauten sie sich noch einmal gründlich um, immer auf der Suche nach einem Versteck, dass so offensichtlich war, dass es einem einfach nicht auffallen wollte.

„Magere Ausbeute“, stellte Rainer beim Blick auf das Bett fest.

„Kann man wohl sagen“, stimmte sie ihm zu und griff nach dem Handy, schaltete es ein und gab einen erstaunten Laut von sich. „Nicht mal mit einer PIN vor unbefugtem Zugriff geschützt.“ Sie wanderte durch die diversen Menüs, dann ergänzte sie: „Kein Wunder. Da ist keine Rufnummer gespeichert und alle Anruflisten sind gelöscht. Auf dem Ding ist nichts drauf. Auch kein Foto. Das Teil hat nicht mal eine simple Kamera."

„Kommst du ins Internet?", wollte er wissen.

Sie sah sich noch einmal die Menü-Übersicht an, dann schüttelte sie den Kopf. „Kein Internet. Keine Spur, der wir nachgehen können."

„Wenn er ein Smartphone hatte, dann hat der Mörder es ihm abgenommen", folgerte Rainer. „Allerdings habe ich meine Zweifel, dass er ein Smartphone besessen hat. Jedenfalls hat er es nicht mitgebracht."

„Wie kommst du auf den Gedanken?"

„Sieh dir das an, Jenny. Der Mann verlässt abends sein Zimmer und lässt absolut alles hier zurück", erwiderte er. „Sein Telefon, auch wenn man dem Ding offenbar nicht mehr entlocken kann als die eigene Rufnummer, außerdem seinen Wagenschlüssel und die Brieftasche. Wenn ich so unterwegs bin, was bedeutet das dann?"

Sie betrachtete die Gegenstände auf dem Bett. „Dass ich völlig anonym reise", sagte sie schließlich. „Über die Rufnummer kann man seinen Namen und seine Adresse herausfinden. Mit dem Schlüssel kann man sich auf die Suche nach dem Wagen machen und über das Kennzeichen bekommt man heraus, wem der Wagen gehört und wo er wohnt."

„Genau. Und dass er die Brieftasche zurückgelassen hat, ist dann nur logisch", ergänzte Rainer. „Da drin finden sich ja nur Dinge, die seine Identität betreffen." Er zog nachdenklich die Augenbrauen zusammen. „Dann muss es sich doch um irgendetwas Illegales gehandelt haben. Vielleicht wollte er keinerlei Risiko eingehen, dass einer der Beteiligten seine wahre Identität herausfindet."

„Von Zeit zu Zeit erzählt man sich, dass nachts von Frachtschiffen Rettungsboote ablegen sollen, die hier Kisten voll mit Drogen an Land bringen. Ob es stimmt und wo genau das passiert, das kann einem kein Mensch sagen, weil die wahren Beteiligten natürlich den Mund halten", sagte Jenny und rieb sich nachdenklich das Kinn.

„Warte, so ganz anonym war Sänger doch nicht unterwegs", wandte Rainer plötzlich ein.

„Falsch", konterte sie. „Die Polizistin hat ihn doch auf der Suche nach einer Brieftasche abgetastet, aber nichts gefunden. Die Codekarte für sein Zimmer hätte ihr beim Abtasten auffallen müssen."

„Dann hat sein Mörder die Karte mitgenommen?"

Sie schüttelte den Kopf. „Das glaube ich nicht. Auf der Karte steht die Adresse der Pension. Also wüsste jemand, dem sie in die Hände fällt, nachdem Sänger zum Beispiel gerade versucht hat, sich Drogen im Wert von ein paar Millionen Euro unter den Nagel zu reißen, doch ganz genau, wo er einquartiert ist. Derjenige passt eine günstige Gelegenheit ab, schleicht sich ins Hotel und in sein Zimmer, durchsucht alles und findet schließlich Sängers Identität heraus."

„Und wo soll die Codekarte stattdessen sein?", fragte Rainer.

„Er kann sie irgendwo auf dem Weg zum Deich versteckt haben", antwortete sie. „Wenn er davon ausgegangen ist, zehn Minuten später schon wieder auf dem Rückweg zu sein, könnte er sie irgendwo unter einen Busch gelegt haben. Wer soll sie da in der Zwischenzeit finden?“ Dann schnippte sie mit den Fingern. „Natürlich! Sein Wagen! Der steht doch hinten auf dem Parkplatz. Auf dem Hinweg kann er die Karte unter den Scheibenwischer geklemmt haben, wo sie niemandem auffällt.“ Sie zeigte auf den Wagenschlüssel. „Das Auto müssen wir uns sowieso noch vornehmen. Dann werden wir ja sehen, was wir da finden.“

„Und seine Brieftasche?“, wollte er wissen.

„Das Interessanteste kommt ganz zum Schluss“, entgegnete sie und grinste ihn an. „Wir packen alles in seine Tasche, die ich dann in meinem Büro einschließen werde. Da ist sie griffbereit, wenn unserer werten Commissaris Ruijters einfallen sollte, was sie heute vergessen hat.“

Sie nahm die Brieftasche und den Wagenschlüssel an sich, half Rainer beim Einpacken und ließ den Blick ein letztes Mal durch das Zimmer schweifen, ob sie wirklich nichts übersehen hatten. Er folgte ihr nach unten, dort hinter die Empfangstheke und von da weiter durch eine Tür ins Büro.

So gemütlich das Hotel mit seinen zahlreichen Gemälden wirkte, die Landschaften aus ganz Zeeland zeigten, so nüchtern und funktional war das kleine Büro eingerichtet. Der wenige verfügbare Platz war bestens genutzt worden: Die Aktenschränke reichten bis zur Decke, der Schreibtisch stand auf Rollen, sodass er jederzeit weggeschoben werden konnte, wenn er an einer Stelle im Weg stand.

Als Jenny Rainers anerkennenden Gesichtsausdruck bemerkte, sagte sie: „Nur damit du es weißt: Ich halte mich in dieser Besenkammer immer nur so lange auf, wie es unbedingt sein muss. Mein inoffizielles Büro ist im Speisesaal der Tisch hinter dem Eingang zur Küche. Das hier habe ich so übernommen, als ich die Pension gekauft habe. Aber spätestens nach einer Stunde bekomme ich hier Atemnot, auch wenn die Tür offensteht und ständig frische Luft hereinweht."

Rainer nickte bedächtig. „Kann ich verstehen. Aber ich finde es faszinierend, wie viel man auf so engem Raum unterbringen kann, wenn man den richtigen Leuten die Planung überlässt."

„Ich vermute, der Vorbesitzer war in einem früheren Leben U-Boot-Kapitän gewesen", sagte Jenny und schaltete den Drucker ein, der ebenfalls auf einem Rolltisch stand. Sie nahm Sängers Brieftasche, klappte sie auseinander und verschaffte sich einen Überblick. „Bargeld finde ich hier nicht. Entweder er hat alles per Karte bezahlt, oder er hatte das Geld in der Jacke und sein Mörder hat es an sich genommen." Sie leerte eines der Fächer, um dann alle Zettel und Karten auf den Drucker zu legen. „Scannen und kopieren", murmelte sie vor sich hin und tippte verschiedene Felder auf dem großen Display an.

„Du scannst alle seine Papiere ein?", fragte Rainer verwundert.

„Natürlich", sagte sie, als wäre es das Selbstverständlichste. „Wenn die Polizistin plötzlich in der Tür steht und Sängers Sachen haben will, dann kann ich nicht sagen: ‚Moment, ich will nur noch schnell alles kopieren.'"

„Aber wenn sie die Brieftasche holt, wird sie ja auch anfangen zu ermitteln, und damit sind wir doch aus dem Rennen", argumentierte er.

„Sind wir nicht“, beharrte sie und überprüfte, ob alles lesbar war, was der Drucker als Kopie des Scans ausgegeben hatte. Zufrieden packte sie alle Zettel zurück ins erste Fach und nahm sich das nächste Fach vor, um die Arbeit zu wiederholen. „Wenn sie die Brieftasche und alle anderen Sachen abholt, heißt das noch lange nicht, dass sie sich am nächsten Morgen hinsetzt und mit den Ermittlungen beginnt. Dann kann es immer noch sein, dass sie zuerst die falsche Richtung einschlägt, weil Mevrouw Commissaris am liebsten ein Verbrechen aus Leidenschaft dahinter sehen möchte. Wir sind ganz und gar nicht aus dem Rennen“, machte sie ihm klar. „Wir gehen den Spuren so nach, wie wir es für richtig halten. Okay?“

„Du bist der Boss, Boss“, sagte er und zwinkerte ihr zu.

Nachdem sie alles gescannt und ausgedruckt hatte, packte sie die Brieftasche in die Reisetasche und steckte die Ausdrucke in einen Umschlag. Dann griff sie nach dem Wagenschlüssel und drehte sich zu Rainer um. „Wenn du willst, können wir uns den Wagen vornehmen. Ich muss nur noch Jan-Willem Bescheid geben, dass ich nicht vor sieben Uhr zurück sein werde.“

„Nicht vor sieben?“ Rainer sah verdutzt auf die Uhr. „Wir haben noch nicht mal vier Uhr. Hast du vor, Gene Hackman in French Connection zu spielen und Sängers Wagen in seine Einzelteile zu zerlegen?“

„Den Film habe ich gesehen und die Anspielung habe ich verstanden“, erwiderte sie mit stolzem Lächeln, während sie die Reisetasche in einem der Aktenschränke verstaute. „Aber ich kann mit einem klaren Nein antworten. Das habe ich nicht vor. Vielmehr habe ich vor, dir das vor Leben sprühende Stadtzentrum von

Zuiderdijk zu zeigen." Er zog amüsiert eine Augenbraue hoch. „Ein Dorf, das ein Stadtzentrum hat – ist das nicht ein Widerspruch in sich selbst?"

„Lass dich überraschen", gab sie zurück und schob ihn vor sich her aus dem Büro, machte das Licht aus und schloss die Tür ab.

Die Durchsuchung von Sängers Wagen führte zu keinen neuen Erkenntnissen. Wenn man davon absah, dass die Codekarte für sein Zimmer tatsächlich unter dem Scheibenwischer klemmte, war der alte und recht lädierte Opel Rekord so leer und aufgeräumt, als würde er bei einem Gebrauchtwagenhändler auf dem Platz stehen und auf einen Käufer warten. Trotz eines Autoradios mit CD-Player fand sich im Wagen nicht eine CD, im Handschuhfach lagen nur die Bedienungsanleitung und das Wartungsheft. Der Kofferraum beherbergte nur Warndreieck und Verbandkasten. Beides war in einem Fach hinter dem linken Kotflügel verstaut, womit die restliche verfügbare Fläche vollständig leer war.

„Wie unpersönlich", murmelte Jenny, nachdem sie auch noch unter den Sitzen nachgesehen hatten. „Als wäre es gar nicht sein Auto."

„Gut, es sieht auf den ersten Blick merkwürdig aus", musste Rainer einräumen. „Aber es gibt viele Leute, für die ein Auto nur Mittel zum Zweck ist. Deshalb sehen sie keinen Grund für irgendetwas Gemütliches oder Wohnliches im Auto. Vielleicht ist Sänger ein sehr minimalistischer Mensch, der grundsätzlich nur mit dem absolut Notwendigsten unterwegs ist, auch wenn er irgendwo hinfährt. Wenn er keine CDs hören will, nimmt er auch keine mit. Offenbar will er während der

Fahrt nicht mal das Radio einschalten. Denn wie du gesehen hast, ist nicht ein einziger Speicherplatz belegt und das Radio war auch auf keinen Sender eingestellt. Dass es funktioniert und dass man die Speichertasten benutzen kann, haben wir ja festgestellt."

„Es könnte natürlich sein, dass Sänger kein guter Autofahrer war und dass das Radio ihn in seiner Konzentration gestört hätte", überlegte sie. „Aber ich finde, dieses Spartanische passt irgendwie nicht zu dem Markus Sänger, den ich kennengelernt habe. Der Mann war gutgelaunt und gesprächig. Er hat davon erzählt, wie gut es ihm hier gefällt."

„Vielleicht nur Tarnung?", gab Rainer zu bedenken.

„Vielleicht" musste Jennys ihm zustimmen. „Natürlich macht er sich als fröhlicher Urlauber nicht verdächtig, das gehört dazu und das passt auch. Auffälliger wäre es natürlich, wenn er die ganze Zeit mit einer finsteren Miene dagesessen und kein Wort gesagt hätte, weil er irgendein Verbrechen plante, das mit großen Risiken verbunden war." Sie seufzte. „Ich hoffe wirklich, dass wir den Mord an ihm aufklären können. Ich möchte wissen, welches Spiel er gespielt hat."

„Oder welches Spiel mit ihm gespielt wurde", hielt er dagegen. „Womöglich war er ja in jeder Hinsicht das Opfer und gar kein Krimineller, den ein böses Ende ereilt hat."

„Was immer es auch gewesen sein mag", sagte Jenny, „hier werden wir die Antwort nicht finden. Lass uns gehen."

„Richtig, Downtown Zuiderdijk wartet schon auf uns", meinte Rainer schmunzelnd.

„Downtown Zuiderdijk klingt auch nicht schlecht", fand sie, steckte den Wagenschlüssel ein und deutete mit einer Kopfbewegung die Richtung an, in die sie weitergehen mussten.

Die nächste Querstraße – die Grote Straat – war zugleich die Hauptstraße von Zuiderdijk und verband das Dorf in südlicher Richtung mit Domburg und in nordöstlicher Richtung mit Vrouwenpolder. „Und hier sehen Sie die größte Attraktion und zugleich die neuste technische Errungenschaft unseres wunderschönen Dorfs", verkündete Jenny und machte eine ausholende Geste: „Die einzige Ampel von ganz Zuiderdijk!"

„Mit der habe ich heute Morgen schon Bekanntschaft gemacht", sagte Rainer. „Da hat sie mich endlos lange warten lassen, als ich in Richtung Parkplatz abbiegen wollte."

„Ja, die muss noch umgestellt werden", erwiderte Jenny. „Momentan ist sie noch so geschaltet, dass von den Wagen, die vom Parkplatz und vom Supermarkt gegenüber kommen, möglichst viele in die Grote Straat einbiegen können. Sonst gibt es da schnell einen riesigen Rückstau."

„Vom Supermarkt kommend?"

„Ja, das sind die Touristen, die von den Campingplätzen ringsherum kommen", erklärte sie. „Die müssen ja irgendwo was zu essen und zu trinken besorgen. Der Supermarkt ist eine echte Goldgrube."

„Kann ich mir gut vorstellen", pflichtete er ihr amüsiert bei, während sie auf den Knopf drückte, damit die Ampel für Fußgänger auf Grün umschlug. Augenblicke später wechselten sie auf die andere Straßenseite und folgten der Hauptstraße, die auf der rechten Seite von

Bäumen und dichten Büschen gesäumt war, bis dort eine Lücke auftauchte, durch die sie auf den Platz direkt vor der Kirche gelangten.

„Das hier rechts war früher eine Grünanlage", sagte Jenny und zeigte auf eine Reihe von kleinen Geschäftshäusern, die in U-Form auf der Fläche gegenüber der Kirche angeordnet waren. „Diese Häuser wurden erst vor ungefähr fünfzehn Jahren gebaut, nachdem auf der gegenüberliegenden Straßenseite ein Geschäft nach dem anderen zugemacht hatte, weil die Eigentümer lieber an Gastronomen vermieten wollten. Es gab keinen Bäcker mehr, keinen Metzger, keinen Buchladen, keine Schreibwaren und, und, und."

„Und hier haben keine Lokale aufgemacht?"

„Das war eine Auflage der Gemeinde, dass hier nichts eröffnet werden darf, was überwiegend den Touristen zugutekommt, aber nicht den Einheimischen."

„Klingt vernünftig", fand er. „Aber ist der Supermarkt keine Konkurrenz für die kleinen Geschäfte?"

„Nein, man ergänzt sich gegenseitig", sagte Jenny. „Der Supermarkt hat nichts im Angebot, was man bei den kleinen Händlern kaufen kann." Dann drehte sie sich um. „Und das ist unsere ehemalige Kirche", fuhr sie fort. „Wie gesagt beherbergt sie den Wochenmarkt, aber ein paar Händler sind nicht nur an den Markttagen da, sondern zum Teil sogar die ganze Woche."

„Diese Kirche ...", begann Rainer und unterbrach sich wieder. „Sieht die nicht aus wie ..."

„Ja, richtig", sagte sie und nickte bestätigend. „Das ist eine exakte Kopie der Kirche in Westkapelle, die zum Leuchtturm umgerüstet wurde. Nur etwa ein Drittel kleiner."

„Oh, und ich dachte schon, ich wäre plötzlich gewachsen“, scherzte er.

Sie stupste ihn an, damit er weiterging. „Das kannst du dir alles noch in den nächsten Monaten in Ruhe ansehen. Heute will ich dir nur das Wesentliche zeigen.“

„Ich geh ja schon“, sagte er hastig.

Sie überquerten den Platz und kamen zur nächsten Straße. „Das hier ist der Parallelweg, weil dieser Weg – du wirst es bereits ahnen – parallel zur Grote Straat hinter uns verläuft.“

„Hm. Ich dachte, bei der Vergabe von Straßennamen würde man mehr Fantasie erkennen lassen“, kommentierte er ihre Ausführungen.

„Vermutlich waren das damals ziemlich simple Gemüter, die vor hundertfünfzig oder mehr Jahren den Auftrag hatten, sich Straßennamen für unser Dorf auszudenken“, sagte sie. „Meine Pension liegt zum Beispiel am Dijkweg, weil es der Weg ist, der am Deich entlang verläuft.“

„Tja, andererseits hat es den Vorteil, dass man sich das leichter merken kann als eine Straße, die nach einem Bürgermeister mit Doppelnamen und drei Vornamen benannt wurde“, gab er zu bedenken. „Und wenn das konsequent durchgezogen wird, weiß man automatisch, wo sich eine Straße befindet, wenn man den Namen hört.“

„Stimmt auch wieder“, musste sie einräumen und machte wieder eine ausholende Geste. „So, jetzt hast du die Wahl zwischen Thailändisch, Chinesisch, Sushi, deutsche Bratwurst ...“

„Deutsche Bratwurst?“, unterbrach er sie ungläubig.

„Die ist in der Hauptsaison der Renner bei den Touristen, die nicht auf heimische Gerichte verzichten können", erklärte sie. „In der übrigen Zeit ist sie der Renner bei uns Einheimischen, weil im Sommer die Schlange zu lang ist."

„Was es nicht alles gibt", meinte er und schüttelte den Kopf.

„Neben der Bratwurst hast du noch einen Italiener und einen Mexikaner. Im Frikandeltje gibt es Frittiertes aller Art, nur keine Fritten. Dafür musst du zwei Läden weiter in Tom's Frituurhal gehen. Zwischen den beiden gibt's Vegetarisches und Veganes. Da drüben bist du für Fisch richtig. Einen Laden weiter kannst du Pfannkuchen und Poffertjes in hundert Varianten bestellen. Und den Abschluss bildet Eric's Saté-Paleis, der sich irgendwo zwischen Indisch und Japanisch bewegt." Sie lächelte ihn an. „Was darf es sein?"

„Wir sollen hier irgendwo essen gehen?", fragte er irritiert. „Du hast doch einen eigenen Koch und ein eigenes Lokal in deiner Pension."

„Stimmt, aber wenn ich da sitze", entgegnete Jenny, „bin ich immer noch die Chefin. Jeder kommt an den Tisch und will was von mir. Da haben wir keine fünf Minuten Ruhe. Deshalb ziehe ich mich morgens mit dem Frühstück in mein Klaustrophobie förderndes Büro zurück und schließe hinter mir ab, damit ich die erste Tasse Kaffee am Tag ganz in Ruhe genießen kann." Sie deutete auf den Umschlag mit den Ausdrucken von Sängers Brieftascheninhalt. „Wir wollen uns schließlich ansehen, ob uns das hier bei unserer Suche nach dem Mörder weiterhilft."

„Okay, dann gehen wir ... ins Pannekoekenhuis“, entschied er, nachdem er den Blick ein paar Mal von links nach rechts und zurück hatte wandern lassen. „Poffertjes habe ich schon seit zwanzig Jahren nicht mehr gegessen. Vermutlich werde ich mindestens vier Portionen verdrücken, wenn die immer noch so sind wie damals.“

Sie kniff einen Moment lang die Augen zu, dann sah sie ihn kopfschüttelnd an. „Ich habe mir gerade in Erinnerung gerufen, wie groß die Portionen damals waren. Wenn du ernsthaft vier damalige Portionen essen willst, dann wirst du heute sechs bestellen müssen.“

„Garantiert zum doppelten Preis, wie?“

„Ja, mit Doppelter-Preis-Garantie“, gab sie lachend zurück und zog ihn mit sich zum vorletzten Lokal rechts. „Und garantiert mit nur noch halb so viel Puderzucker.“

„Umso weniger kann davon neben dem Teller landen“, sagte er und folgte ihr nach drinnen.

Das Pannekoekenhuis hatte mit seiner komplexen Balkenkonstruktion an der Decke und zwischen den Tischen etwas vom Innenleben einer Windmühle, was dem Lokal eine gemütliche Atmosphäre verlieh. Da es erst kurz nach halb fünf war, herrschte noch wenig Betrieb. Doch mit dem Ende der Herbstferien war tags zuvor ohnehin ein Großteil der potenziellen Gäste abgereist und daran würde sich bis zum nächsten Frühling nicht viel ändern.

Sie entschieden sich für einen Tisch auf der rechten Seite und nahmen Platz. „Hoi, Jenny, hoi, onbekende man“, begrüßte sie eine junge Frau mit platinblondem

Bubikopf, die zwei Karten an den Tisch brachte. „Iets te drinken?"

„Hoi, Georgina", erwiderte Jenny. „Das ist Rainer, ein guter Freund der Familie. Wir haben uns seit zwanzig Jahren nicht mehr gesehen."

„Oh, ich dachte, alle deutschen Gäste sind schon weg", redete Georgina auf Deutsch weiter.

„Ich bin erst heute angekommen", sagte Rainer. „Ich muss mich nicht nach den Schulferien richten."

„Okay, was kann ich euch bringen?"

„Was trinkst du?", fragte Jenny.

Er zuckte mit den Schultern. „Was nimmst du?"

„Was Leckeres", antwortete sie und sagte an die Bedienung gewandt: „Twee warme Chocomel met slagroom."

Nachdem die Bedienung gegangen war, fragte er: „Chocomel? Ist das ist nicht dieser Kakaodrink?"

„Dein Gedächtnis funktioniert noch hervorragend."

„Ich dachte, das trinkt man nur eiskalt."

„Im Sommer ja, aber nicht, wenn es draußen allmählich kühl wird", erwiderte sie. „Lass dich überraschen." Sie griff nach dem Umschlag und zog den Stapel Ausdrucke heraus. „Wollen wir doch mal sehen, was wir da so alles haben." Jenny legte den Stapel so hin, dass sie beide draufsehen konnten.

„Sein Personalausweis, der Führerschein, EC-Karte", zählte Rainer auf, während er einen Ausdruck nach dem anderen betrachtete, wegnahm und zur Seite legte. „Das hilft uns alles nicht weiter."

Jenny hielt das nächste Blatt hoch. „Das sieht nach einer Notiz aus. Von wann bis wann Sänger das Zimmer gebucht hatte ... ja, richtig, das da ist der Preis pro Übernachtung mit Frühstück und Abendessen. Okay." Sie legte den Ausdruck zu den anderen.

Georgina kam an den Tisch und stellte zwei Tassen auf den Tisch. Beide zierte eine hohe Schaumkrone aus Schlagsahne mit einem Hauch Kakaopulver. „Habt ihr schon was ausgesucht?", wollte sie wissen.

„Poffertjes met Grand Marnier en een pannekoek met ham en kaas", bestellte Jenny spontan, weil sie nicht wollte, dass die Frau noch mal an den Tisch kommen musste, nur weil sie sich mit etwas anderem als der Speisekarte befasst hatten.

„Ich hoffe, das war okay", sagte sie zu Rainer, der prompt nickte. Als die Bedienung gleich darauf zurückkam und Tischsets aus Papier und Besteck brachte, nahm Jenny den Ausdruck des Führerscheins und hielt ihn der jungen Frau hin. „Ach, Georgina, sag mal, hast du diesen Mann zufälligerweise in den letzten Tagen hier im Lokal gesehen. Oder auch irgendwo anders?"

Georgina kniff die Augen zusammen und betrachtete nachdenklich das Foto. Schließlich nickte sie bedächtig. „Ja, ich glaube, er war am Sonntagmittag hier. Aber wenn, dann muss Linda ihn bedient haben. Soll ich sie fragen, wenn ich sie sehe?"

„Wann kommt sie her?"

„Sie hat die Abendschicht, also ab acht."

Jenny nickte. „Dann frag sie bitte. Und frag auch, ob er allein war oder ob er sich mit jemandem hier getroffen hat", sagte sie. „Soll ich dir den Ausdruck geben?"

„Nein, nicht nötig", erwiderte Georgina und zog ihr Smartphone aus der Serviertasche. „Ich werde ihr das

Foto direkt rüberschicken, dann hast du schneller eine Antwort."

„Danke, das wäre klasse", sagte Jenny.

„Ist der Typ irgendein Freak, vor dem wir uns in Acht nehmen müssen?", wollte sie wissen, während sie ihrer Kollegin eine kurze Nachricht schrieb und mit dem Foto abschickte.

„Ob er ein Freak ist, weiß ich nicht ...", begann Jenny.

„Aber selbst wenn, stellt er hier für niemanden eine Gefahr dar", warf Rainer ein, als Jenny ins Stocken geriet, was das Schicksal von Markus Sänger anging. „Er hat heute Morgen Zuiderdijk ... verlassen."

„Ah, gut, das ist ..." Georginas Smartphone summte. „Oh, das ist Linda. Mal sehen ... ja, er war hier ... netter Kerl, die ganze Zeit über allein ... oh, dickes Trinkgeld und sehr fröhlich, als hätte er im Lotto gewonnen." Sie sah zwischen Jenny und Rainer hin und her. „Hilft euch das weiter?"

„Ich will es hoffen", sagte Jenny, woraufhin er mit den Schultern zuckte. „Ähm, könntest du deine Kollegin noch fragen, ob der Mann irgendetwas Ungewöhnliches gesagt hat? Oder hat er irgendein anderes außergewöhnliches Verhalten an den Tag gelegt? Von diesem großzügigen Trinkgeld abgesehen, meine ich."

„Kein Problem", sagte Georgina und begann zu tippen. „Ich bin gleich wieder da."

„Spendabel und fröhlich", überlegte Jenny. „Und dann schleicht er sich ohne Papiere, ohne Telefon, ohne Geld, einfach ohne alles aus der Pension und wird am nächsten Morgen erdrosselt aufgefunden."

„Vielleicht dachte ja jemand, dass er tatsächlich im Lotto gewonnen hatte, und er wollte Sänger um sein Geld erleichtern."

Sie nickte grübelnd. „Das wäre zwar möglich, aber warum bringt er ihn dann um?"

„Weil er sich geweigert hat, zu zahlen?", entgegnete Rainer. „Oder hatte Sänger einen Schlüssel für ein Bankschließfach bei sich, den sein Mörder an sich genommen hat?"

Jenny verzog den Mund und setzte zu einem Kopfschütteln an. „Er hat all seine Sachen im Zimmer zurückgelassen und er hat die Codekarte unter den Scheibenwischer seines Autos geklemmt. Warum sollte er dann ausgerechnet einen Schlüssel für ein Bankschließfach mitnehmen, in dem möglicherweise ein paar Millionen Euro aus einem Lottogewinn liegen?"

„Es muss ja nicht so gewesen sein", sagte er. „Ich habe nur diesen Gedanken mit dem Lottogewinn weitergesponnen. Wenn ich jetzt aber darüber nachdenke, ist das wirklich Blödsinn. Ganz gleich, mit wem er verabredet war: Er wollte mit komplett leeren Taschen zu diesem Treffen gehen."

„Es ist kein Blödsinn, Rainer", widersprach sie ihm. „Wir haben so was noch nie gemacht. Wir kennen das nur aus Filmen und Serien und da müssen die Ermittler nur das sagen, was im Drehbuch steht. Die müssen sich keine Gedanken darüber machen, woher sie auf diese oder jene Idee kommen. Das erledigen andere Leute für sie. Aber wir müssen selbst überlegen, was mit Sänger passiert ist. Da ist es wichtig, dass jeder von uns alles sagt, was ihm durch den Kopf geht, auch wenn das im ersten Augenblick noch so absurd klingen mag.

So was kann uns auf Ideen bringen, die wir bis dahin noch nicht hatten."

„Okay, so machen wir es", stimmte Rainer ihr zu.

„Genau." Ihr Blick wanderte zurück zu dem Ausdruck von Sängers Ausweis. „Wir werden damit von Geschäft zu Geschäft ziehen müssen, um nachvollziehen zu können, wann er sich wo aufgehalten hat. Vielleicht wird ja dann ein Muster erkennbar, das uns verrät, was er hier wollte und wieso er jetzt tot ist."

Sie wollten sich soeben den nächsten Ausdrucken widmen, die eingescannte Visitenkarten mit handschriftlichen Vermerken zeigten, als Georgina mit der Bestellung an den Tisch kam. „Einmal Poffertjes, einmal Pannekoek", sagte sie und stellte ihnen die Teller hin. „Eet smakkelijk."

„Bedankt", antworteten Jenny und Rainer im Chor, gerade als das Smartphone der Bedienung erneut summte.

„Ah, das kommt von Linda", sagte sie. „Soll ich damit nach dem Essen herkommen?"

„Nein, nein. Erzähl ruhig, was sie schreibt", erwiderte Jenny. „So schnell wird unser Essen ja nicht kalt."

„Okay. Also ... nein, der Mann hat nichts Besonderes und nichts Ungewöhnliches getan oder gesagt", las sie den Text vor. „Er war einfach nur sehr freundlich, aber nicht aufdringlich. Glücklich hat er gewirkt, schreibt sie." Dann zuckte sie mit den Schultern. „Mehr habe ich leider nicht."

„Das ist mehr, als wir uns erhofft haben", versicherte ihr Jenny. „Danke für deine Bemühungen."

„Gerne", sagte die junge Frau, dann entschwand sie.

„Glücklich hat er gewirkt", wiederholte Rainer, nachdem er von seinen Poffertjes probiert und ein glückseliger Ausdruck sein Gesicht erobert hatte.

„So wie du jetzt wirkst", sagte sie amüsiert. „Ich nehme an, es schmeckt."

„Ich schwebe gerade auf Wolke sieben ... nein, eher Wolke siebenhundert", seufzte er. „Ich hatte schon fast vergessen, wie köstlich diese Miniaturpfannkuchen schmecken." Dann legte er die Gabel beiseite. „Wenn Sänger so glücklich ausgesehen hat, könnte es doch sein, dass er sich mit einer Frau verabredet hatte. Vielleicht über eine Dating-App oder so ..."

„... und weil er nicht wusste, ob die Auserwählte tatsächlich auftaucht oder ob ihm da ein paar Typen auflauern, die ihn um sein Geld, sein Smartphone und so weiter bringen wollen, hat er vorsichtshalber nichts bei sich getragen", führte sie seinen Gedanken zu Ende. „Nicht mal die Codekarte für sein Zimmer, damit niemand an seine Habseligkeiten rankommen kann, auch wenn die nicht gerade nennenswert sind." Sie nickte bedächtig. „Aber passt diese Vorsicht zu seiner überschwänglichen Freude?"

Kauend zuckte Rainer mit den Schultern. „Er könnte ja fünf Minuten vor dem Treffen auf einmal Bedenken bekommen haben und hat sich überlegt, lieber vorsichtig zu sein."

„Ja, das könnte sein", musste sie zugeben und aß ein Stück von ihrem Pfannkuchen, während ihr Blick wieder zu den Ausdrucken wanderte. Ein halbes Dutzend Visitenkarten waren zusammengekommen, die durchweg Name, Adresse und Telefonnummer sowie eine E-Mail-Adresse umfassten, die aber alle privater Natur sein mussten, da es keinen Hinweis auf ein Unternehmen oder auf den Beruf der betreffenden Person gab. Alle sechs wohnten in Zeeland, wenn auch über alle Inseln verstreut. Dazu kamen noch etliche Zettel, auf denen nur Initialen sowie vermutlich eine Durchwahl notiert waren. Zu welcher Nummer sie gehörten, war nicht nachvollziehbar.

„Wir sollten diese Leute anrufen, um herauszufinden, in welchem Verhältnis sie zu Sänger standen", schlug Rainer vor. „Wenn ich die Ortsnamen richtig zuordne, wohnen die ja alle halbwegs in der Nähe."

„Ja, das ist richtig", bestätigte Jenny. „Ich überlege nur, ob es nicht besser wäre, hinzufahren und zu klingeln. Wenn sie nicht wissen, wer Markus Sänger ist, weil sie ihn womöglich unter einem anderen Namen kennen, können wir ihnen sein Foto zeigen. Und wenn wir vor den Leuten stehen, können wir auch ihre Reaktionen besser einschätzen als am Telefon. Was meinst du?"

„Ich habe Zeit", sagte Rainer. „Es kommt nur darauf an, wie lange du in deiner Pension entbehrlich bist."

„Jan-Willem hat den Laden gut im Griff", versicherte sie ihm. „Ich habe mir schon mal eine Woche Urlaub gegönnt, um meine Eltern zu besuchen, und als ich zurückkam, hatte er nicht mein Bankkonto geplündert", fügte sie lächelnd hinzu und legte den nächsten Ausdruck zur Seite. Sie stutzte, als sie das folgende Blatt sah. „Hm, was ist das denn?"

„Was?"

Sie tippte auf das Blatt. „Keine Initialen, sondern ein ausgeschriebener Name. ‚Harald'. Und eine Handynummer in Deutschland."

„Die Null-Null-Vier-Neun für Deutschland hat er nachträglich davorgesetzt", sagte Rainer. „Man kann da noch die Null erkennen, die vorher dort gestanden hat."

„Das heißt, er hatte zumindest in Erwägung gezogen, diesen Harald von hier aus anzurufen", folgerte sie aus Rainers Beobachtung. „Dann sollten wir mit ihm anfangen, oder was meinst du?"

„Auf jeden Fall", stimmte er ihr zu.

Nachdem sie aufgegessen hatten und bevor Rainer die nächste Portion bestellen konnte, auf die er auf keinen Fall verzichten wollte, nahm Jenny ihr Smartphone zur Hand und tippte die Nummer ein.

Es klingelte dreimal, viermal, dann drang eine vertraut klingende Stimme aus dem Lautsprecher.

„Sänger. Hallo?"

4. Kapitel

Fast hätte Jenny vor Schreck wieder aufgelegt, weil sie das Gefühl hatte, mit Markus Sänger zu sprechen. Sie hatte sich mit ihm mehr unterhalten als mit vielen anderen Gästen, daher kam ihr diese Stimme so vertraut vor.

„Hallo? Wer ist denn da?", redete der Mann namens Sänger weiter.

„Ähm ... hier ist Jenny van Oosterburg", sagte sie zögerlich. „Ich möchte gern Harald sprechen."

„Am Telefon."

„Oh, dann sind Sie Harald Sänger?", fragte Jenny.

„Seit meiner Taufe", kam die leicht amüsierte Antwort. „Was kann ich für Sie tun?"

„Ich ... ähm ... also, es geht um einen gewissen Markus Sänger", begann sie. „Ich habe Ihre Nummer in seiner Brieftasche gefunden und ich nehme an, dass Sie beide verwandt sind."

„Er ist mein Bruder, wenn Sie das meinen. Wieso haben Sie seine Brieftasche?"

„Es ist etwas vorgefallen und ich ..." Sie unterbrach sich für einen Moment. „Sie müssen entschuldigen, aber ich musste so etwas noch nie machen. Ich weiß nicht so recht, wo ich anfangen soll."

„Hat mein Bruder irgendwas angestellt? Sind Sie von der Polizei?“, wollte er wissen. „Von wo rufen Sie an?“

„Ähm ... nein, angestellt hat er nichts“, versicherte sie ihm, während ihr der Gedanke durch den Kopf ging, dass sie überhaupt nicht wusste, ob er nicht doch etwas angestellt hatte. Vielleicht hatte er jemanden umbringen wollen und die Aktion war nach hinten losgegangen, weil sich sein Opfer gewehrt und im Gegenzug ihn umgebracht hatte. „Und ich bin auch nicht von der Polizei. Allerdings wäre es eigentlich Sache der Polizei, Sie anzurufen.“

„Frau ... wie war Ihr Name?“

„Van Oosterburg, aber Sie können gern Jenny sagen.“

„Okay, Jenny. Ich will Ihnen nicht zu nahe treten, aber was bei mir ankommt, hört sich ziemlich wirr an. Sagen Sie mir klipp und klar, was mein Bruder getan hat, und dann sagen Sie mir, was Sie damit zu tun haben“, bat er sie mit einem leicht energischen Unterton.

„Also gut“, sagte sie und atmete einmal tief durch. „Ihr Bruder wurde ... ermordet.“

Am anderen Ende herrschte nur Schweigen.

„Sind Sie noch da, Meneer Sänger?“, fragte sie leise.

Dann hörte sie, wie jemand schnaubte. „Ich habe es ja immer gewusst“, murmelte er und fragte: „Und was haben Sie damit zu tun? Wissen Sie, wer es war?“

„Nein. Mir gehört die Pension hier in Zuiderdijk, in der sich Ihr Bruder einquartiert hatte. Weil er gestern Abend nicht zurückgekommen war, haben wir heute Morgen nach ihm gesucht und ihn tot aufgefunden.“

„Und wieso rufen Sie mich an, aber nicht die Polizei?“, wollte er wissen. „Wo sind Sie? In Holland?“

„In Zeeland“, antwortete sie.

„Okay. Ist es da nicht üblich, dass die Polizei so etwas erledigt?", fragte Harald Sänger. „Verstehen Sie das nicht falsch, ich bin ja froh, dass ich das überhaupt erfahre. Ich komme im Moment nur nicht dahinter, warum man Ihnen diese Aufgabe übertragen hat."

„Soll ich?", bot sich Rainer im Flüsterton an, aber sie winkte ab. Sie hatte das hier begonnen, sie würde es auch zu Ende bringen. Der Mann würde vermutlich überhaupt nichts mehr begreifen, wenn Rainer jetzt ihren Part übernahm.

„Sehen Sie, Herr Sänger", setzte sie zu einem neuen Anlauf an. „Als Ihr Bruder heute Morgen nicht zum Frühstück erschienen ist, habe ich mich mit einem Freund auf den Weg gemacht, um nach ihm zu suchen. Nachdem wir ihn gefunden hatten, haben wir die Polizei gerufen, aber die Polizistin, die den Fall bearbeitet, war wütend auf uns, weil sie meinte, wir hätten uns in ihre Arbeit eingemischt. Ich habe ihr gesagt, dass sich die Sachen Ihres Bruders noch in meiner Pension befinden. Sie wollte jemanden schicken, der alles abholt, aber auf einmal waren alle weg, niemand ist in die Pension gekommen. Weil wir keine Ahnung haben, wann sich jemand von der Polizei melden wird und wie lange es dann noch dauert, bis jemand bei Ihnen anruft, haben wir uns seine Brieftasche vorgenommen und sind dabei auf einen Zettel mit Ihrer Nummer gestoßen. Es war eigentlich nur ein Versuch, als ich Sie angerufen habe, weil auf dem Zettel neben der Nummer nur Ihr Vorname steht."

„Verstehe ... glaube ich jedenfalls", sagte er, nachdem sie aufgehört hatte, zu reden. „Ich finde das zwar von

Ihrer Polizei immer noch eine eigenartige Vorgehensweise, aber wenn ich sonst vielleicht erst nächste Woche informiert worden wäre, dann ist es mir so lieber."

„Danke", sagte Jenny erleichtert.

„Ich könnte morgen Abend zu Ihnen kommen, um mir ein Bild von dem Ganzen zu machen", schlug er vor. „Sofern Ihnen das passt."

„Selbstverständlich passt das", sagte sie. „Ich kann Ihnen nur nicht garantieren, dass die Sachen Ihres Bruders dann noch da sind. Es könnte sein, dass die Polizei sie noch heute Abend oder morgen früh abholt."

„Meine Meinung werde ich dieser Dorfpolizistin so oder so sagen, auch wenn ihr noch einfallen sollte, dass sie bei Ihnen vorbeikommen will", versicherte er ihr. „Ich kann Ihnen noch nicht sagen, wann ich morgen abfahren werde, aber auf jeden Fall zeitig genug, um vor Abend bei Ihnen anzukommen. Dann können Sie mir genauer sagen, was vorgefallen ist."

Oh, dafür wäre ich Ihnen sehr dankbar", sagte Jenny. „Am Telefon ist das alles nicht so leicht."

„Ich verstehe schon, Frau ... ähm ... Jenny. Es gibt da auch einiges über meinen Bruder, über das ich lieber rede, wenn ich mein Gegenüber sehen kann. Können Sie mir nur bitte die genaue Anschrift geben, damit ich nicht durch die Gegend irre?"

„Ja, natürlich", sagte sie und gab ihm alles durch, was er brauchte, um ihre Pension zu finden. Dann verabschiedete sie sich und legte ihr Smartphone zur Seite, gerade als Rainer seine zweite Portion Poffertjes serviert bekam.

„Er kommt her?", fragte er.

„Ja, und das halte ich auch für das Sinnvollste", entgegnete sie. „Vielleicht kann er mit den Namen auf diesen Visitenkarten etwas anfangen. Und wie es scheint, gibt es ein paar Dinge über seinen Bruder zu berichten. Womöglich bringen die dann mehr Licht ins Dunkel, was seine Ermordung angeht."

„Er klang verärgert", sagte Rainer.

„Ja, nachdem er den ersten Schock überwunden hatte. Er ist verständlicherweise sauer, dass er nicht von der Polizei über den Tod seines Bruders informiert wurde. Unsere werte Commissaris Ruijters hätte längst veranlassen können, dass Harald zu Hause von zwei Polizisten vor Ort aufgesucht wird, um ihm die Nachricht zu überbringen. Bislang hat sich von der Polizei noch niemand in der Pension gemeldet, um Sängers Zimmer zu durchsuchen und dessen Sachen mitzunehmen. Und selbst wenn das in den nächsten Minuten passieren sollte, würde sich auch in den nächsten Stunden niemand mit dem Inhalt der Brieftasche befassen. Niemand würde den Zettel mit Haralds Nummer sehen und niemand wüsste, ob es irgendwo Angehörige gibt, die von Sängers Tod erfahren müssen."

„Da wäre ich sicher auch verärgert", stimmte Rainer ihr zu, nachdem er runtergeschluckt hatte. „Und was machen wir jetzt?"

Sie sah auf ihre Armbanduhr. „Zehn nach sechs", murmelte sie und überlegte kurz. „Bis zur Pension sind es ja nur ein paar Minuten. Wenn du noch zwei Portionen Poffertjes isst ..."

„Nein, nein, das wird mir zu viel. Ich kann ja morgen wieder herkommen. Der Laden läuft mir schließlich nicht weg“, unterbrach er sie. „Nach dieser Portion ist für heute erst mal Schluss.“

„Okay, dann können wir noch in den anderen Lokalen nachfragen, ob Sänger da auch war und wie er sich verhalten hat“, schlug sie vor.

„Gute Idee“, fand Rainer. „Und was machen wir morgen, bis der Bruder eintrifft?“

„*Ich* muss mich morgen um mein Geschäft kümmern und zusammen mit meinem Koch die Bestände durchsehen und dann überlegen, wovon wir wie viel nachkaufen. Da die Hauptsaison vorbei ist, benötigen wir von allem etwas weniger, aber ich will auch nicht zu sparsam sein“, erklärte sie. „Du kannst dich hier im Dorf umsehen oder bis mittags schlafen oder was immer du willst.“

„Ach, schade. Und ich hatte mich schon so auf den nächsten actiongeladenen Tag gefreut“, sagte er mit gespielt betrübter Miene.

„Sag das lieber nicht zu laut“, gab sie in ernstem Tonfall zurück. „Irgendwo da draußen ist jemand unterwegs, der in der letzten Nacht einen Menschen brutal umgebracht hat. Wir wissen nicht, ob er es nur auf Sänger abgesehen hatte oder ob der lediglich sein erstes Opfer ist ...“

„Sofern er überhaupt sein erstes Opfer ist“, wandte Rainer ein. „Vielleicht liegt ja irgendwo noch ein Toter im Gebüsch, der vor Tagen stranguliert wurde, den aber bislang niemand gefunden hat, weil ihn niemand vermisst.“

Jenny seufzte. „An *diese* Möglichkeit hatte ich noch nicht gedacht. Ich frage mich, ob Commissaris Ruijters das in Erwägung gezogen hat.“

Rainer musste unwillkürlich grinsen. „Falls du gerade mit dem Gedanken spielst, sie auf diese Möglichkeit hinzuweisen, dann möchte ich dir dringend davon abraten."

Sofort hob sie abwehrend die Hände. „Für kein Geld der Welt würde ich das wagen. Am Ende verhaftet sie noch *mich*, weil sie meint, ich wäre eine von diesen überheblichen Serienmörderinnen, die davon überzeugt sind, dass man ihnen nichts nachweisen kann, und die die Polizei auch noch mit Tipps versorgen. O nein, so verrückt bin ich nicht."

„Das Dumme ist nur, dass der Killer in dem Fall erst wieder zuschlagen muss, ehe diese Frau einsieht, dass sie die Lage falsch eingeschätzt hat", sagte Rainer.

„Das ist doch nicht anders als bei den Frauen, die zur Polizei gehen und um Schutz bitten, weil sie befürchten, dass ihr brutaler Mann ihnen etwas antun wird", entgegnete sie. „Die werden nach Hause geschickt, weil der Polizei die Hände gebunden sind, solange der Mann nicht tatsächlich versucht hat, ihr etwas anzutun."

„Und wenn er es versucht, ist die Frau am Ende tot und die Polizei sagt nur: ‚Tut uns leid, aber wir konnten nichts für sie tun'", fügte er grimmig an. „Hoffen wir mal, dass es bei dem einen Toten bleibt."

„Eine Sache spricht bedauerlicherweise dafür, dass es nicht bei diesem einen Mord bleiben dürfte", erklärte Jenny, nachdem sie ein paar Minuten in einvernehmlichem Schweigen dagesessen hatten.

„Und zwar?", fragte er, nachdem er die letzte Gabel voll Poffertjes geschluckt hatte.

„Die Nebensaison ist seit gestern vorbei und fünfundneunzig Prozent aller Touristen sind abgereist. Damit ist das Risiko massiv geschrumpft, dass man bei der Tat von jemandem beobachtet oder sogar gefilmt wird. Jetzt halten sich keine Badegäste mehr am Strand auf, die irgendetwas mitbekommen könnten. Auf dem Deich ist kein Mensch unterwegs. Niemand sieht etwas und der Täter kann weglaufen, holt sein Fahrrad, das er ein Stück weiter an einem düsteren Abschnitt ins Gras gelegt hat und fährt davon. Niemand sieht etwas, niemand weiß etwas."

„Keine erfreuliche Aussicht", meinte Rainer.

„Das kannst du laut sagen", gab sie zurück. „Und du kannst froh sein, dass du erst heute Morgen hier angekommen bist."

„Ich?"

„Ja, du. Stell dir vor, du wärst schon gestern hier eingetroffen und gleich in der ersten Nacht geschieht nur ein paar Meter weit weg ein Mord", sagte sie. „Ich glaube, anstelle unserer Polizistin würde ich da direkt hellhörig."

„Himmel, bring bloß die Frau nicht auf noch mehr dumme Gedanken", rief er erschrocken. „Ein Glück, dass ich notorischer Belegsammler bin und die ganze Fahrt dokumentieren kann. Jeder Tankstopp, jeder Kaffee, jeder Snack. Alles da, alles belegbar."

„Keine Angst, ich werde dich schon nicht verdächtigen", versicherte sie ihm mit einem Augenzwinkern, nahm den Stapel Ausdrucke an sich und stieß sie auf die Tischplatte, damit sie ordentlich zusammenrutschten und sie sie zurück in den Umschlag stecken konnte. Lediglich den Scan von Sängers Ausweis ließ sie draußen liegen, weil sie mit dem noch in den umliegenden

Lokalen nach Sichtungen des mittlerweile toten Markus Sänger fragen wollten.

Rainer beharrte darauf, zu bezahlen, wunderte sich dann aber über die Rechnung, die er hingelegt bekam. „Das ist zu wenig“, erklärte er. „Auf der Karte steht doch ...“

„... steht doch kein Hinweis darauf, dass die Restaurantbetreiber sich untereinander einen gegenseitigen Rabatt von fünfzehn Prozent gewähren“, sagte Jenny schmunzelnd. „Das soll ja schließlich kein Außenstehender erfahren.“

„Ah, verstehe“, erwiderte er, zog die entsprechenden Scheine aus seiner Brieftasche und legte dann noch einen Zwanziger drauf. „Das ist für Sie, weil Sie sich so viel Mühe gemacht haben, Ihre Kollegin nach diesem Gast zu fragen.“

„Danke, aber so was ist doch selbstverständlich“, sagte die mit einem Mal errötete Georgina.

„Ich halte es aber nicht für selbstverständlich und möchte es angemessen honorieren“, beharrte er.

„Nimm es einfach, Georgina“, riet Jenny ihr und stupste sie an. „Ich kenne diesen Mann sehr gut. Der redet drei Stunden auf dich ein, um dir klarzumachen, dass du das verdient hast. Der gibt keine Ruhe, bis du endlich einlenkst.“

„Ehrlich?“

Rainer nickte todernst. „Es sind schon Leute darüber eingeschlafen, weil sie nicht einlenken wollten.“

„Hm. Ich glaube, dann nehme ich lieber das Geld und kümmere mich um die neuen Gäste da vorn an Tisch drei.“

„Eine weise Entscheidung“, lobte Jenny sie. Als die junge Frau gegangen war, packten sie alles zusammen und machten sich auf den Weg.

***

Die letzten Gäste verließen gegen acht Uhr den Speisesaal der Pension, nachdem sie zu Abend gegessen hatten. Die Küche würde noch eine Weile geöffnet bleiben, falls noch ein Nachzügler kam, aber später am Abend konnte man nur noch Getränke bestellen. Eine von Jennys Küchenhilfen räumte die Teller und Gläser zusammen, während Jenny zu Rainer ging, der sich mit seinem Laptop an einen Zweiertisch ganz hinten gesetzt hatte, um nach den Namen auf den Visitenkarten aus Sängers Brieftasche zu suchen.

„Und? Irgendwas gefunden?“, fragte sie und setzte sich zu ihm.

Rainer zog eine Augenbraue hoch. „Nein, nichts. Sogar noch weniger als nichts.“

„Wie soll ich das verstehen?“

Er zeigte auf die Ausdrucke der Visitenkarten. „Da passt eins nicht zum anderen. Die Straße, die auf der ersten Karte steht, gibt es nicht in dem angegebenen Ort. Dafür aber in dem Ort, der auf der nächsten Visitenkarte steht. Die Straße, die dort steht, gibt es da aber auch nicht, sondern einen Ort beziehungsweise eine Karte weiter. Und so zieht sich das durch sämtliche Adressen. Ich habe eine Weile gebraucht, ehe ich dahintergekommen bin.“

„Wofür soll das gut sein?“, fragte sie sich.

„Ich bin noch nicht fertig, Jenny“, sagte er. „Die Vorwahl passt auch nicht zum Ort auf der ersten Visitenkarte, sondern ...“

„... zur übernächsten Karte“, führte sie den Satz zu Ende.

Rainer sah sie verblüfft an. „Woher wusstest du das?“

„Das wusste ich nicht. Das war jetzt nur geraten.“

„Dann war es gut geraten“, kommentierte er.

„Ich bin gut“, meinte sie schmunzelnd. „Und was ist mit den Hausnummern?“

Er stutzte. „Was soll mit den Hausnummern sein?“

„Na, wenn auf jeder Karte die Straße um eine Karte und die Telefonnummer um zwei Karten gewandert ist, dann könnte doch die Hausnummer beispielsweise um drei Karten gewandert sein.“

„Ich kann dir gerade nicht folgen, glaube ich“, musste er einräumen.

„Sieh mal. Wenn du doch ein System bei den Straßen und den Telefonnummern entdeckt hast, dann muss das Ganze doch einen Sinn haben“, erklärte sie. „Angenommen, er war in eine illegale Sache verstrickt, dann wird er ja keine Liste mit den Namen und Adressen seiner Kontaktleute mit sich herumtragen. Du hast dir jetzt die Mühe gemacht, nach einer Adresse zu suchen, die es nicht gibt, und dann hast du ...“ Sie hielt inne. „Was genau hast du eigentlich gemacht, um dahinterzukommen?“

„Ich habe bei der dritten Suche zwar den nächsten Ort eingegeben, versehentlich aber die gleiche Straße wie zuvor. Und da hatte ich einen Treffer.“

„Hättest du nicht zufällig die nächste Karte in der Reihenfolge genommen, wäre es dir nicht aufgefallen, richtig?"

„Ganz sicher nicht."

„Und dann säßen wir hier mit sechs Visitenkarten, die keinen Sinn ergeben", fuhr sie fort. „Wenn es sich tatsächlich um seine Kontaktpersonen handeln sollte, dann könnte Sänger die einzelnen Positionen um ein, zwei oder drei Karten verschoben haben, damit niemand etwas mit den Karten anfangen kann. Er musste nur die Karten in der richtigen Reihenfolge hinlegen, dann konnte er die Daten zu einer bestimmten Person zusammensetzen und wusste, wo er diese Person finden konnte."

Rainer sah sie beeindruckt an. „Das wäre ja ein narrensicheres System", meinte er.

„Nur bis zu dem Moment, als du auf das System gestoßen bist. Ich würde vermuten, dass er alle Elemente auf den Karten verschoben hat, also die Postleitzahl, die Hausnummer, die Vorwahl, die Telefonnummer, um seine Kontaktleute und damit sich selbst zu schützen."

Rainer sah auf die Uhr. „Erst acht Uhr? Dann kann ich ja noch eine Weile knobeln."

„Ach, vorhin hat der Kellner aus dem veganen Lokal angerufen", berichtete sie. „Er kann sich an Sänger erinnern. Den hat er bedient. Er sagt, dass unser Mann sehr ausgelassen war, so als hätte er Grund zum Feiern, meinte er."

„Betrunken?", fragte Rainer.

„Nein, einfach nur gutgelaunt", antwortete sie. „Und auch sehr spendabel, was das Trinkgeld anging."

Rainer schnaubte frustriert. „Was soll dieser Unfug mit den Trinkgeldern und dieser guten Laune?“

„Wenn ich das so höre, wirkt das auf mich so, als hätte er sich ganz bewusst so verhalten, damit alle auf ihn aufmerksam werden, er gesehen wird und die Leute sich später an ihn erinnern. Und das hat ja auch geklappt.“ „Okay, es gibt Leute, die brauchen so was. Die fühlen sich nur im Rampenlicht wohl, wenn sie von allen beobachtet werden“, meinte er.

„Ich weiß nicht, ob er in diese Kategorie fällt“, sagte sie. „Das wird uns nur sein Bruder verraten können. Aber man könnte fast meinen, dass er damit gerechnet hat, dass sein mysteriöses Treffen für ihn kein gutes Ende nehmen könnte. Ich wette, wenn die Leute erfahren, dass er ermordet wurde, wird jeder im Dorf darüber reden. Die Leute tauschen sich aus und erzählen sich gegenseitig, was er gemacht und was er zu ihnen gesagt hat. Und wenn man das alles zusammenfügt, ergibt sich vielleicht das Motiv für den Mord, was unter Umständen ganz leicht zum Mörder führt.“

„Hmm“, machte Rainer skeptisch. „Ein ziemlich komplizierter Plan. Er hätte auch einen Zettel auf sein Bett legen können, auf dem vermerkt ist, mit wem er sich trifft und dass derjenige ihn womöglich töten wird. Das wäre einfacher und würde schneller zum Ziel führen.“

„Lass mich doch ein bisschen fantasieren, Rainer“, sagte sie mit einem Augenzwinkern. „Das ist unser erster Fall, in dem wir ermitteln. Da dürfen wir doch nicht so schlicht denken, dass A der Mörder ist und dann ist er es auch. Wir müssen da schon eine Prise Poirot ins Spiel bringen.“

Er schüttelte lachend den Kopf. „Du hast wirklich schon immer zu viel Fantasie gehabt“, stellte er fest. „Ich werde noch eine Weile mit den Zahlen und dem ganzen Rest auf den Visitenkarten jonglieren. Und wenn ich genug habe, packe ich alles zusammen, lege mich schlafen und mache morgen früh weiter.“

„Alles klar“, erwiderte Jenny und verspürte mit einem Mal eine gewisse Erschöpfung. Das Ermitteln war anstrengender gewesen als gedacht, was vermutlich daran lag, dass man an so viele Dinge gleichzeitig denken und dann auch noch darauf achten musste, einen Sachverhalt von allen Seiten zu betrachten, um bloß nichts zu übersehen. Doch insgesamt betrachtet hatte sie diesen ersten Tag gut hinter sich gebracht, fand sie – auch wenn sie natürlich voreingenommen war, was ihre eigenen Leistungen anging.

„Bekommst du noch was zu trinken?“, fragte sie, während sie aufstand.

„Du musste nicht extra meinetwegen ...“, begann er.

„Würde ich dann fragen?“, unterbrach sie ihn und legte eine Hand auf seine Schulter. „Ein Bier?“

„Da ich mich heute nicht mehr ans Steuer meines Wagens setzen werde, wäre ein Bier eine schöne Abwechslung.“

„Ein Bier“, wiederholte sie. „Kommt sofort.“

„Danke, Jenny“, rief er ihr hinterher, bevor er sich wieder seinen Visitenkarten widmete.

***

Veronica fuhr wie jeden Abend auch an diesem Montag mit dem Fahrrad von Westkapelle nach Hause. Der

Weg über den Deich bedeutete zwar einen Umweg, der sie gut eine Viertelstunde später zu Hause ankommen ließ, aber es war eine angenehmere und besser beleuchtete Route als die, die an der Landstraße entlang und zum Teil auch auf der Landstraße selbst verlief. Auch wenn etliche Radarfallen dafür sorgten, dass die Autofahrer kaum Gelegenheit hatten, die Höchstgeschwindigkeit deutlich zu überschreiten, fühlte sie sich dort nicht sicher genug. Schließlich arbeitete sie in einer Wirtschaft mitten in Westkapelle und sah oft genug, wie Gäste nach vier oder fünf Bier das Lokal verließen und gegenüber ins Auto einstiegen und nach Hause fuhren.

Hier auf dem Deich war sie in Sicherheit. Sie konnte ganz entspannt die Kopfhörer aufsetzen und Musik hören. Jetzt, da es wieder früher dunkel wurde, war außer ihr auf dieser Strecke so gut wie nie jemand unterwegs, sodass es kein Problem war, die Musik lauter zu drehen.

Eigentlich wäre sie auch ohne Musik ausgekommen, aber im Gegensatz zu den Touristen, die sich nicht daran satthören konnten, ertrug sie das konstante Meeresrauschen immer nur für kurze Zeit. Dann bereitete ihr dieses ständige Hintergrundgeräusch Kopfschmerzen, und mit Kopfschmerzen konnte sie nicht einschlafen, auch wenn sie noch so müde war.

Die Lichter zu ihrer Rechten zeigten ihr, dass sie bereits Zuiderdijk erreicht hatte. Dann war es nicht mehr weit bis nach Hause, wie sie zufrieden feststellte. Rechts am Rand des asphaltierten Wegs auf dem Deich machte sie in der Dunkelheit auf einmal eine Gestalt aus, die nur ein schwarzer Schemen in der Nacht war.

Ein ungutes Gefühl erfasste sie, und sie trat etwas schneller in die Pedale, um diese Gestalt zügig hinter sich zu lassen, ehe der Unbekannte noch auf dumme Gedanken kam. Als sie genau auf gleicher Höhe war, schaltete der Fremde eine Taschenlampe ein, um sein Gesicht von unten zu bescheinen, das dadurch wie eine Fratze wirkte.

Der Anblick erschreckte sie so sehr, dass sie sich aus dem Sattel erhob, um noch weiter zu beschleunigen. Er sollte gar nicht erst auf die Idee kommen, hinter ihr herzurennen, um sie von ihrem Rad zu zerren.

In der nächsten Sekunde gab es einen Schlag gegen das Rad, als wäre sie in voller Fahrt gegen eine Mauer gefahren. Der hintere Teil des Rads wurde durch die Wucht des Zusammenpralls angehoben. Sie flog in hohem Bogen über den Lenker. Ein Stoßgebet von der Dauer eines Sekundenbruchteils kam ihr über die Lippen, mit dem sie dem Herrn dafür dankte, dass er sie nicht hatte vergessen lassen, vor Fahrtantritt den Helm aufzusetzen. Sie machte einen Purzelbaum und landete rücklings der Länge nach auf dem Asphalt, dass ihr die Luft aus den Lungen gepresst wurde und sie benommen liegenblieb. Alles tat ihr so entsetzlich weh, dass sie nicht wusste, was sie sich bei diesem Sturz womöglich alles gebrochen hatte.

Sie schnappte nach Luft, was eine ausgesprochen schmerzhafte Angelegenheit war, als sie auf einmal jemand an den Fußgelenken packte. Der Unbekannte drehte sie auf dem Asphalt ein Stück weit herum, zog sie aus dem Schein der Straßenlampe in Richtung Deichschräge – und damit in die Dunkelheit.

Was hatte er vor? Warum tat er das? Warum alarmierte er nicht eine Ambulanz, damit sie erst mal untersucht wurde, um festzustellen, ob sie so ohne Weiteres bewegt werden durfte? Sie wollte etwas sagen, aber sie bekam keinen Ton heraus, da sie noch immer nicht richtig durchatmen konnte. Sie versuchte sich zu wehren, aber die Schmerzen waren so heftig, dass sie zu keiner Bewegung fähig war. Nach ein paar Metern war sie von der schwarzen Nacht umgeben. Die Lampen auf dem Deich waren zu weit entfernt, um ihr noch Licht zu spenden.

Der Unbekannte drehte sie auf den Bauch und ohne, dass sie verstand, was überhaupt geschehen war, schnitt sich im nächsten Augenblick etwas ringsum in ihren Hals und schnürte ihr die Luft ab ...

5. Kapitel

Wie jeden Morgen ging Jenny auch an diesem Dienstag um kurz nach sieben nach draußen, um die beiden Tageszeitungen aus dem Briefkasten zu holen, die sie abonniert hatte. So wie an jedem Morgen war sie auch heute noch nicht richtig wach, auch wenn ihre Angestellten schon seit gut einer halben Stunde in der Küche rotierten, um das Frühstücksbuffet vorzubereiten, das den Gästen ab halb acht zur Verfügung stand. Für manche Gäste war halb acht zu spät, vor allem für Geschäftsreisende, die früh am Morgen zu Terminen aufbrechen mussten. Doch deren Zahl war meistens so gering, dass es kein Problem war, für sie vorab ein Frühstück zusammenzustellen. So konnten sie sich schon auf den Weg machen, wenn der Großteil der Urlauber erst allmählich aufwachte und nach unten in den Speisesaal ging.

Kurz bevor sie den Briefkasten für die Zeitungen erreicht hatte, stieß sie mit dem Fuß gegen ein Hindernis, das daraufhin ein Stück weit über die Steinplatten rutschte. Verdutzt sah sie nach unten und entdeckte etwas Rotes, Eckiges, das nach einer Kombination aus Geldbörse und Brieftasche aussah.

Sie hob das Ding auf und öffnete die Lasche, die das Ganze zusammenhielt. Tatsächlich bestand die rechte Seite aus einer Geldbörse mit einem großzügigen Fach für Münzen, das sich gut gefüllt anfühlte. Die linke Seite war Kredit- und Kundenkarten vorbehalten – und wie kaum anders zu erwarten, waren sämtliche Fächer belegt. Diese Seite ließ sich noch einmal aufklappen. Dahinter war Platz für Ausweis und Führerschein sowie für alles, was vom Format her ein größeres Fach beanspruchte.

Jenny sah auf den Ausweis. *Veronica van Beveren.* Sie runzelte die Stirn. Der Name sagte ihr nichts. Sie konnte sich auch nicht daran erinnern, ihn auf der Gästeliste gesehen zu haben. Vielleicht war sie die weibliche Hälfte des Pärchens aus der Acht. Sie wusste, dass der Mann sich mit allen Angaben eingetragen und dann gefragt hatte, ob seine Freundin sich auch eintragen müsse oder ob sie einfach als seine Begleitung erfasst werden könne. Angeblich war da ein eifersüchtiger Ex-Freund im Spiel, der sie nicht finden sollte, falls er wieder mal alle Hotels und Pensionen anrief und nach ihr fragte. Jenny hatte sich mit seinem kompletten Namen begnügt, auch wenn sie gewisse Zweifel daran hegte, dass der eifersüchtige Freund wirklich ein Ex war. Allerdings hatten die beiden einen netten Eindruck gemacht, sodass sie bereit gewesen war, die Geschichte zu akzeptieren, die die beiden ihr auftischten. Sie hätte ihnen auch sagen können, dass sie ohnehin niemandem Auskunft gab, der wissen wollte, wer gerade bei ihr ein Zimmer habe. Doch sie musste ja nicht alles ausplaudern, wenn man ihr ebenfalls nicht alles sagte.

Fest stand, dass irgendjemand diese Brieftasche verloren hatte, und Jenny würde sie erst einmal in Verwahrung nehmen, bevor ein anderer sie entdeckte und einfach einsteckte. Sie ging noch zwei Schritte weiter, um die beiden Zeitungen aus dem Briefkasten zu holen. Dann kehrte sie nach drinnen zurück, legte die Brieftasche in die Schublade am Empfang und überflog die Schlagzeilen der Zeitung. Sie blätterte sie durch, las mal hier, mal da einen Artikel, sah sich die ganzseitigen Anzeigen der großen Supermarktketten genauer an, nur um festzustellen, dass der Supermarkt schräg gegenüber bei fast allen Artikeln mithalten konnte. Und wenn dort mal etwas dreißig oder vierzig Cent mehr kostete, lohnte es sich noch immer nicht, zwanzig oder mehr Kilometer zu fahren, um bei den Angeboten zuzuschlagen. Das für die Strecke verbrauchte Benzin machte jeden gesparten Cent gleich wieder zunichte. Schließlich faltete sie die Zeitungen wieder ordentlich zusammen und legte sie auf den kleinen Beistelltisch neben dem Frühstücksbuffet, wo auch das Faltblatt des monatlichen Veranstaltungskalenders für die Region lag, der jetzt im Herbst spürbar dünner ausfiel.

Zurück an der Empfangstheke warf sie zunächst einen Blick auf den Terminplaner für den Tag, der erfreulicherweise keine Einträge aufwies. Niemandem musste sie irgendwelche Zahlen melden, niemand erwartete von ihr eine Überweisung. Beim Belegungsplan für die Zimmer sah es dagegen anders aus. Zwei polnische Handwerker, die in der Nähe auf einer Großbaustelle gearbeitet hatten, sollten heute Vormittag abreisen. Doch gegen fünf oder sechs Uhr am Nachmittag war mit der Ankunft ihrer beiden Nachfolger zu rechnen. Außerdem waren noch ein Ehepaar und eine Familie aus dem Ruhrgebiet mit drei Kindern angekündigt, die alle noch nicht schulpflichtig waren.

„Ein ganz normaler Tag mit ganz normaler Hektik", murmelte sie und rief die Gästeliste auf, um nach Veronica van Beveren zu suchen. Wie erwartet gab es keinen Treffer, auch nicht bei den am Wochenende abgereisten Gästen. Sie öffnete das Geldfach und fand dort rund dreihundert Euro in Scheinen vor, außerdem bestimmt zehn Euro oder mehr in Münzen.

Sie wollte das Fach gerade wieder schließen, da fiel ihr ein grauer Zettel auf, der zwischen den Scheinen steckte und nur zwei oder drei Millimeter hervorlugte.

Sie zog den Zettel heraus und stutzte – sowohl was den Text als auch was die Schrift anging. Der Text lautete:

So. 23 h, Markus.

... gefolgt von einer Handynummer mit deutscher Landesvorwahl. Das mochte auf den ersten Blick nicht viel bedeuten, doch die Schrift war ein Thema für sich. Jenny rief am Computer den Ordner auf, in dem die Scans abgelegt wurden. Sie klickte eine Datei nach der anderen an, fand das Gesuchte und vergrößerte das Bild. Sie hielt den Zettel daneben und ... dann verschlug es ihr die Sprache.

„Hast du ein Gespenst gesehen?"

Sie musste sich zwingen, den Blick vom Bildschirm zu lösen. Dann sah sie, dass Rainer vor der Empfangstheke stand und sie ein wenig besorgt ansah. Sie hatte keine

Ahnung, wie lange er sich schon dort aufhielt. Ihr war ja nicht einmal aufgefallen, dass er nach unten gekommen war.

„Ein Gespenst nicht", antwortete sie. „Aber das hier."

Sie drehte den Bildschirm so, dass Rainer ihn sehen konnte, und hielt den Zettel aus der Geldbörse hoch.

„Das ist doch Markus' Handschrift. Wo hast du denn den Zettel gefunden?", wollte er wissen.

„In der Brieftasche einer gewissen Veronica van Beveren", antwortete sie. „Ich weiß nicht, wer das ist. Das Passbild sagt mir auch nichts. Die Brieftasche lag draußen beim Briefkasten auf dem Boden. Ich dachte, jemand hätte sie verloren. Doch jetzt kommt es mir mehr so vor, als hätte sie jemand da hingeworfen, damit ich sie finde. Und damit ich diesen Zettel finde."

„Ist das Markus Sängers Nummer?", fragte Rainer.

„Das werden wir gleich wissen", sagte sie und tippte die Nummer in ihr Smartphone ein. Gleich darauf war aus ihrem Büro ein leises Klingeln zu hören, als sich sein Telefon durch den Stoff der Reisetasche und die Schranktür hindurch bemerkbar machte. „Es ist seine Nummer."

„Aber sie hatte ihn nicht angerufen und er sie ja wohl auch nicht", wandte er ein. „Jedenfalls kann ich sie nirgends finden. "

„Er könnte alle Anruflisten gelöscht haben, bevor er gegangen ist", überlegte sie. „Er schien ja dort, wo er hinging, keine Spuren hinterlassen zu wollen. Warum sollte er dann auf seinem Smartphone die Nummer einer Frau hinterlassen? Wenn das Telefon einem anderen in die Finger fällt, könnte der anhand der Nummer Informationen über diese Veronika zusammentragen und über sie an Sänger herankommen. Du weißt, was ich meine“, ergänzte sie. „Ich wollte mir die ganzen ‚hätte‘ und ‚würde‘ ersparen.“

„Ja, schon klar“, murmelte er und lächelte flüchtig. „Die Frage ist aber, woher der Unbekannte wusste, dass diese Brieftasche mit eben diesem Zettel nirgendwo besser aufgehoben sein kann als hier bei dir. Sänger hatte doch nichts bei sich, das auf deine Pension hingewiesen hat.“

Sie zuckte mit den Schultern. „Wer weiß? Vielleicht hat der Mörder ihn schon an den Tagen zuvor verfolgt und beobachtet, als Sänger überall durch seine gute Laune und seine großzügigen Trinkgelder aufgefallen ist. Zuiderdijk ist nicht so groß. Hier verliert man einen anderen nicht so schnell aus den Augen. In dem Fall war es dann auch völlig unnötig von ihm, all diese Vorkehrungen zu treffen.“

„Apropos Treffen“, warf Rainer ein. „Der Termin ‚So. 23 h‘ dürfte sich doch auf vorgestern beziehen, als Sänger ermordet wurde.“

„Davon würde ich ausgehen.“

„Wenn diese Veronica mit Sänger verabredet war, könnte es tatsächlich ein Verbrechen aus Leidenschaft gewesen sein“, redete er weiter.

„Du meinst, sie könnte einen Freund haben, der den Zettel entdeckt hat ...“

„Entdeckt, aber nichts gesagt“, bekräftigte er. „Er lauert Sänger auf, bringt ihn um und verschwindet. Sie kommt um elf Uhr hier an, sieht Sänger nirgendwo und fährt weiter, als wäre alles in Ordnung, weil sie befürchten muss, dass ihr Freund Sänger zur Rede gestellt hat. Würde sie anhalten und nach ihm suchen oder

nach ihm rufen, dann hätte ihr Freund den Beweis, dass sie sich tatsächlich mit Sänger treffen wollte."
„Klingt plausibel", musste sie zugeben. „Nur ... warum liegt das heute hier vor der Tür? Selbst wenn der Mörder der Freund dieser Veronica ist, hat sie nichts mit meiner Pension zu tun. Es sei denn ..."

Rainer sah sie fragend an.

„Es sei denn, sie wusste, dass Sänger sich hier einquartiert hatte. Da er am Sonntagabend nicht aufgetaucht war und sie von ihm danach nichts mehr gehört hatte, könnte sie gestern Abend hergekommen sein, um nach ihm zu suchen. Vielleicht wusste sie ja, welches Zimmer er hat, und sie hat versucht sich bemerkbar zu machen, aber natürlich ohne Erfolg. Dabei könnte sie ihre Brieftasche verloren haben."

„Das wäre eine Erklärung", überlegte Rainer. „In dem Fall würde ich diese Brieftasche erst mal hier liegenlassen, anstatt sie als Fundsache zur Polizei zu bringen. Diese Veronica wird bestimmt heute oder morgen vorbeikommen und danach fragen, ob du was gefunden hast oder ob bei dir etwas abgegeben wurde. Wenn sie sie bei der Polizei abholen muss, dann kann ihr Freund davon erfahren und dann muss sie ihm erklären, wie die Brieftasche ausgerechnet hier gelandet ist."

Jenny verzog den Mund. „Ich weiß zwar, was du meinst, aber genau genommen haben wir bislang nur spekuliert und gemutmaßt. Sie könnte auch etwas mit dem Mord zu tun haben. Zum Beispiel indem sie ihn zum Treffpunkt gelockt hat, wo er dann von ihrem Komplizen umgebracht wurde." Sie betrachtete den Zettel, den eindeutig Markus Sänger geschrieben hatte.

„Das Problem ist nur, wie machen wir die liebe Commissaris Ruijters auf diesen wichtigen Hinweis aufmerksam, damit sie ihn auch zur Kenntnis nimmt und nicht aus purem Trotz wieder alles ignoriert, was wir ihr sagen?"

„Wenn sie es ignoriert, ermitteln wir doch sowieso auf eigene Faust weiter, oder nicht?", fragte Rainer und sah sie erwartungsvoll an.

Ein Lächeln eroberte ihre ernste Miene. „Natürlich machen wir das. Wo war ich nur mit meinen Gedanken?"

Gerade als die beiden polnischen Arbeiter mit ihrem wenigen Gepäck und je einer großen Tüte mit Baguettes aus der Bäckerei an der Kirche die Pension verließen, um die Heimreise anzutreten, kam Albert Haaneveld herein, der Nachbar aus dem Haus gleich links von Huis Zonnebloem. „Hallo, Jenny."

„Hi, Albert", erwiderte sie und hielt weiter die Tür auf, was sie eigentlich für die beiden Arbeiter gemacht hatte, damit die nicht eine Hand von den Baguette-Tüten nehmen mussten. „Wie geht's dir? Was macht das neue Kniegelenk."

„Es geht", antwortete der Mann schmunzelnd, der erst vor drei Wochen seinen achtzigsten Geburtstag gefeiert hatte, aber mindestens zehn Jahre jünger wirkte. „Also genau das, was ein Kniegelenk machen soll."

Jenny lachte und schüttelte den Kopf. „Du verlierst wirklich nie deinen Humor."

„Danke", gab er freundlich zurück. „Bei dir auch alles in Ordnung?"

„Wenn ich nicht hinsehe, dann ja“, antwortete sie ironisch. „Was kann ich für dich tun? Ist dir was ausgegangen? Kann ich dir mit irgendwas behilflich sein?“

„Du kannst mir sagen, ob einem deiner Gäste das Fahrrad gehört, das meine Ausfahrt blockiert“, erwiderte er.

„Eins vom Fahrradverleih?“

„Du meinst die rot-weiß gestreiften von Jaap?“, fragte er und schüttelte als Antwort auf seine eigene Frage den Kopf. „Es ist ein privates Rad.“

„Ich wüsste nicht, wer von meinen Gästen ein Fahrrad mitgebracht haben sollte“, überlegte sie. „Heute kommen erst noch neue Gäste, die wissen wollten, ob sie ihre Fahrräder mitbringen und hier sicher abstellen können. Aber wie gesagt, die kommen erst noch.“ Sie zuckte mit den Schultern. „Ich komme mal mit rüber. Vielleicht geht mir ja ein Licht auf, wenn ich es sehe.“

Haaneveld machte kehrt und verließ die Pension, Jenny folgte ihm nach draußen. Auf der Straße angekommen sah sie sofort, dass sie dieses Rad nicht kannte.

„Sieh dir das an“, beschwerte er sich aus gutem Grund. „Genau in der Mitte ans Tor angekettet. Ich kann weder die eine noch die andere Hälfte aufmachen. Und wie du sehen kannst, ist das eine von diesen spezialverstärkten neuen Ketten, für die man eine Kreissäge und viel Zeit braucht, um sie zu durchtrennen.“

„Ja, ich weiß. Genau das, was der Fahrraddieb nicht gebrauchen kann“, murmelte sie. „Aber das gehört ganz sicher keinem meiner Gäste.“ Sie zeigte auf den Reifen, der so aussah, als hätte man ihn ein Stück aufgeschnitten. „Ich würde sagen, da ist heute Nacht jemand betrunken gegen irgendein Hindernis gefahren und hat das Rad schnell angekettet, um den Rest des Weges zu Fuß zurückzulegen, damit ihm niemand den Führerschein abnehmen kann. Keine Ahnung, was man anstellen muss, um einen Reifen so zuzurichten. Aber es würde erklären, warum das Fahrrad jetzt deine Ausfahrt blockiert. Derjenige hat gar nicht gesehen, wo er sein Rad festgemacht hat. Der wollte nur schnell weg von hier."

„Und was jetzt? Ich muss nach Serooskerke zum Arzt", klagte Haaneveld.

„Braucht hier jemand Hilfe?", hörte sie in diesem Moment Rainer fragen, der mit dem Wagenschlüssel in der Hand auf dem Weg zu seinem Wagen war.

„Falls du den Hitzeblick von Superman beherrschst", antwortete sie, „kannst du bitte dieses Schloss zum Schmelzen bringen."

„Tut mir leid, den habe ich zu Hause vergessen", gab er zurück und lächelte in die Runde.

„Albert, das ist ein Freund meiner Familie", machte sie die Männer miteinander bekannt. „Rainer Trompeter. Mein Nachbar Albert Haaneveld."

„Angenehm", sagte Haaneveld und schüttelte Rainer die Hand.

„Ganz meinerseits. Was ist los?"

„Jemand hat sein Fahrrad an meine Ausfahrt gekettet und ich komme nicht weg", erklärte Haaneveld.

„Oh", machte Rainer und bückte sich, um sich das Schloss genauer anzusehen. „Ist das nicht eins von den Dingern, die man fast nur noch mit Sprengstoff knacken kann?"

„Ja, richtig“, sagte Jenny. „Da muss man mit verdammt gutem Werkzeug ran, sonst geht da nichts.“

Haaneveld sah auf die Uhr. „Ich werde zu spät kommen.“

„Zu spät wofür?“, fragte Rainer.

„Für meinen Arzttermin“, erklärte der ältere Mann. „Ich muss nach Serooskerke.“

„Wenn wir das Rad da nicht wegbekommen, fahre ich Sie hin, Meneer Haaneveld.“

Der Mann sah ihn verdutzt an. „Ist das Ihr Ernst?“

Rainer nickte bestätigend, dann beugte er sich über das Tor, um sich die Innenseite genauer anzusehen. „Aber vielleicht können wir ja auch diese Seite von den Scharnieren heben. Da dürfte genug Spiel vorhanden sein.“ Er steckte den Wagenschlüssel in seine Hosentasche. „Augenblick mal.“ Er fasste das Gitter des niedrigen zweiflügeligen Tors und hob es an. „Ja, das wird gehen. Haltet mal das Rad fest, damit das nicht den Halt verliert und umkippt.“

Jenny und Haaneveld hielten gemeinsam das Rad fest, während Rainer das linke Tor Stück für Stück anhob. „Jetzt“, sagte er, als das Tor nicht mehr auf dem Scharnier saß, sondern frei beweglich war. „So, jetzt schieben wir das Ganze wie ein einziges breites Tor nach rechts, damit Sie wenigstens schon mal rausfahren können.“

„Vielen, vielen Dank.“ Haaneveld atmete auf. „Ich dachte schon, ich muss die Polizei rufen, aber dann wäre ich heute garantiert nicht mehr zum Arzt gekommen. Da fällt mir ein: Wissen Sie eigentlich, was da vorn am Parkplatz gestern los war? Jemand sprach davon, dass die Polizei da länger im Einsatz gewesen sein soll.“

Jenny hatte sich schon am Abend zuvor eine Weile gewundert, wieso keiner ihrer Nachbarn etwas gesagt hatte und wieso sie während ihrer Runde mit Rainer durchs Dorf von niemandem darauf angesprochen worden war. Schließlich war ihr aber klargeworden, woran das lag. Bis auf Haaneveld waren alle ihre Nachbarn berufstätig, also den ganzen Tag nicht zu Hause. Die beiden Streifenwagen waren ohne Blaulicht und Sirene hergekommen, der Leichenwagen war einfach nur ein schwarzer Transporter und die Spurensicherung war mit einem kleinen, unscheinbar blauen Kastenwagen angereist. Und das Ganze hatte sich in einer Ecke abgespielt, die man von keiner Seite gut einsehen konnte. Der wesentliche Faktor dafür, dass nicht längst das ganze Dorf Bescheid wusste oder zumindest Fragen stellte, war das Fehlen der Touristen. Die waren so gut wie alle abgereist, bevor der Tote entdeckt worden war. Damit fehlten genau die Schaulustigen, die vom Strand über den Deich ins Dorf gingen und jedem, der es hören wollte, vom Toten am Deich berichteten.

„Etwas Genaues weiß ich auch nicht“, sagte sie ausweichend. Wenn niemand im Dorf etwas Konkretes wusste, würde sie auf keinen Fall hingehen und im Detail ausplaudern, dass jemand einen ihrer Gäste stranguliert hatte. Es war Sache der Polizei, die Informationen herauszugeben, die man veröffentlichen wollte, um nach Augenzeugen zu suchen. Sie wollte gar nicht erst darüber nachdenken, welche Spekulationen es nach sich ziehen würde, wenn sie die Fakten enthüllen würde. „Die Polizei war wohl auf der Suche nach irgendwelchen Spuren.“ Gelogen war ihre Antwort nicht, denn da sie keine Ahnung hatte, wer Sängers Mörder war, wusste sie bislang noch nichts Genaues, und die Polizei hatte tatsächlich nach Spuren gesucht. Dass es dabei um einen brutalen Mord ging, war ein anderes Thema, das sie jetzt nicht zur Sprache bringen wollte.

„Na, das werden wir sicher noch erfahren“, meinte Haaneveld zuversichtlich und ging zur Garage, um das Tor zu öffnen. „Erst mal danke ich Ihnen für Ihre tatkräftige Hilfe, junger Mann. Am besten lassen Sie das Tor ausgehängt. Wenn das Rad nachher immer noch da festgemacht ist, werde ich die Polizei rufen, damit es entfernt wird.“

Der Mann stieg in einen alten Fiesta ein und verließ die Garage. Im Vorbeifahren winkte er den beiden zu, bog in den Dijkweg ein und fuhr davon.

„Danke für deine Hilfe“, sagte Jenny. „Das war eine gute Idee.“

„Eigentlich eine ganz einfache Lösung, weil diese Tore praktisch immer nur eingehängt sind“, erwiderte er grinsend. „Man denkt nur fast nie daran. Ehrlich gesagt, den Trick habe ich mir bei jemandem abgeguckt, sonst wäre ich wohl auch nicht auf diese Idee gekommen.“ Kopfschüttelnd betrachtete er das Fahrrad. „Was spielt sich da bloß im Hirn von solchen Leuten ab? Daneben verlaufen zehn Meter Zaun vor diesem Haus, vor deiner Pension auch noch mal, aber man kettet es ausgerechnet an einem Tor an, hinter dem sich eine Garage befindet. Und dann auch noch so geschickt, dass die Kette durch beide Tore verläuft. Wie dumm muss man sein?“

„Oder wie schlau“, entgegnete Jenny.

„Was?“, fragte er verdutzt.

Sie verließ die Ausfahrt und ging auf die andere Straßenseite, wo der Deich verlief. Dann sah sie sich diesen Abschnitt und die links und rechts befindlichen Grundstücke an.

Rainer folgte ihr und stellte sich neben sie. „Wenn du gleich sagst: ‚Ich sehe was, was du nicht siehst‘, dann gebe ich sofort auf, weil ich es nicht sehe. Also verrat mir lieber direkt, was dir aufgefallen ist.“

„Hmm. Also wenn wir davon ausgehen, dass der Fahrer dieses Rads so betrunken war, dass er nach seinem Unfall nur noch weg von hier wollte, um nicht seinen Führerschein zu verlieren, dann stellt sich die Frage, warum er mit dem Rad noch bis zu diesem Tor gelaufen ist. Ich sehe hier nichts, woran man sich einen Reifen so aufreißen kann, wie es bei dem Rad der Fall ist. Bei einer Beule im Vorderrad wäre klar, dass es bei hoher Geschwindigkeit Kontakt mit einer Bordsteinkante, einer Mauer oder einem Laternenmast gehabt hatte.“

„Was ist mit Scherben?“, gab Rainer zu bedenken.

„Möglicherweise“, sagte sie. „Eigentlich muss ich mehr an ein Messer denken, aber selbst, wenn man über eine Messerklinge fährt, würde das nachher bestimmt nicht so aussehen.“

„Jemand könnte sich doch an dem Reifen zu schaffen gemacht haben, nachdem der Eigentümer es hier angekettet hat“, überlegte Rainer.

„Gut, ich bin keine Expertin für Reifen“, sagte Jenny und schüttelte missmutig den Kopf. „Trotzdem würde ich annehmen, dass man erkennen könnte, wie das Messer vor- und zurückbewegt wurde. Sozusagen wie eine Säge. Das da sieht aber nach einer fließenden Bewegung aus, bei der sich die Klinge durch das Gummi gefressen hat."

„Dafür müsste man aber ausholen und mit viel Schwung zuschlagen", wandte Rainer ein. „Mit einem Messer wird das nicht funktionieren, eher ... ja, eher mit einer Art Machete."

„Richtig!", rief sie. „An so etwas erinnert mich das. Ganz genau!"

„Hm", machte er und legte die Stirn in Falten. „Gehen wir mal von der ziemlich absurden Vorstellung aus, dass hier jemand durch die Gegend zieht und mit einer Machete Fahrradreifen aufschlitzt. Warum kettet derjenige das Fahrrad an ein Gartentor, hinter dem sich eine Garage befindet?"

„Ich vermute", sagte sie nach einer kurzen Pause, „dass derjenige sicherstellen wollte, dass dieses Fahrrad auffällt. So wie die Brieftasche, die heute Morgen auf meinem Grundstück lag."

„Aber warum soll es auffallen?", fragte er und ging mit ihr wieder auf die andere Straßenseite.

Sie öffnete den Verschluss der Satteltasche und klappte sie auf. „Mal sehen, was wir da so haben." Sie zog ein Regencape heraus, ein Päckchen Taschentücher, eine zusammengefaltete Einkaufstasche, eine Tüte Salbeibonbons, ein Feuerzeug und einen zweimal geknickten langen Briefumschlag. Der Umschlag war aufgerissen, ein Schreiben war nachlässig gefaltet hineingestopft worden. Sie nahm das Blatt heraus und strich es glatt. Dann fiel ihr Blick auf das Adressfeld und sie zog verdutzt die Augenbrauen hoch. „Weil", antwortete sie schließlich, „das hier wohl das Fahrrad von Veronica van Beveren ist.“

6. Kapitel

Rainer betrachtete die Gehaltsabrechnung, die Jenny aus dem Umschlag gezogen hatte, und runzelte die Stirn. „Die Frau, deren Brieftasche du heute Morgen gefunden hast“, murmelte er. „Ein Zufall kann das nicht sein. Aber ... was soll das Ganze bedeuten?“

„Ich würde ja zu gern sagen, dass ich keine Ahnung habe ...“, seufzte Jenny. „Aber ich befürchte, dass der Mörder von Markus Sänger dahintersteckt.“

„Du meinst ...“

„Ja, ich meine, dass diese Veronica ihm auch zum Opfer gefallen sein könnte“, sagte sie. „Die Sache mit der Brieftasche hat zweifellos mir gegolten. Davon bin ich überzeugt. Wer immer mir die Brieftasche aufs Grundstück geworfen hat, wollte, dass ich sie finde. Und dass ich den Zettel mit Sängers Telefonnummer finde. Jemand wollte mich wissen lassen, dass es eine Verbindung zwischen Sänger und dieser Frau gibt.“

„Aber warum?“, fragte Rainer. „Du hast doch zu Sänger keine persönliche Verbindung gehabt.“

„Bevor er sich hier einquartiert hat, habe ich ihn noch nie gesehen“, warf sie ein.

„Und diese van Beveren kennst du doch auch nicht“, fügte er hinzu. „Wenn ich mir das Foto auf ihrem Ausweis ansehe, dann sagt mir das gar nichts“, bekräftigte sie. „Und dennoch glaubt irgendwer da draußen, dass ich von der Verbindung zwischen Sänger und Veronica erfahren sollte. Mir ist nicht klar, was ich mit dieser Information anfangen könnte. Gegen wen soll ich sie verwenden? Und wer zieht einen Nutzen daraus, mich so etwas wissen zu lassen?“

„Vielleicht solltest du doch die Polizei informieren“, gab er zu bedenken. „Die haben ganz andere Recherchemöglichkeiten als wir.“

„Ich weiß“, gab sie zurück. „Aber du erinnerst dich sicher an unsere Unterhaltung heute früh, was Mevrouw Commissaris und ihre Einstellung uns gegenüber betrifft.“

Rainer zog die Mundwinkel nach unten. „Ja, ich weiß. Und die Sache mit dem Fahrrad macht es nicht leichter. Aber du solltest sie zumindest davon in Kenntnis setzen, damit du deine Ruhe vor ihr hast, wenn noch was passiert. Stell dir vor, es geschieht noch ein Mord, und sie kann dir nachweisen, dass der hätte verhindert werden können, wenn du ihr gesagt hättest, was du weißt. Ich glaube, du kommst leichter darüber hinweg, wenn sie dich wieder zusammenstaucht, weil du dich einmischst, anstatt mit der Erkenntnis leben zu müssen, dass du ein Leben hättest retten können.“

„Du hörst dich genauso an wie mein Gewissen, das gerade auf mich einredet“, knurrte sie und zog ihr Smartphone aus der Tasche. Sie wählte die Nummer der Polizeiwache in Vlissingen und stellte das Gerät auf Lautsprecher, als der Anruf angenommen wurde. „Van

Oosterburg hier, verbinden Sie mich bitte mit Commissaris Ruijters. Sagen Sie ihr, es ist dringend."

Eine monotone Melodie ertönte, als sie in die Warteschleife geschickt wurde.

„Darüber kann man ja einschlafen", meinte Rainer, nachdem sie dem trägen Pling-Pling-Pling zwei Minuten lang gelauscht hatten.

„Vermutlich ist das auch die Absicht, damit man die Damen und Herren Polizisten in Ruhe lässt", gab Jenny grinsend zurück. „Aber das hier ist erträglicher als so manches Geplärre, mit dem man bei anderen Warteschleifen beschallt wird."

„Ruijters", tönte es so abrupt aus dem Lautsprecher, dass Jenny ihr Smartphone beinahe fallenließ.

„Jenny van Oosterburg hier, von Huis Zonnebloem in Zuiderdijk", meldete sie sich.

„Bei van Oosterburg hat es bei mir schon Klick gemacht. Den Rest hätten Sie sich sparen können, Mevrouw van Oosterburg", gab die Polizistin zurück. „Was wollen Sie?"

„Mevrouw Commissaris", erwiderte Jenny in einem bissigen Tonfall. „Wenn Sie nicht wollen, dass ich Ihnen möglicherweise wichtige Informationen mitteile, dann geben Sie mir das bitte schriftlich. Und lassen Sie dem Hoofdcommissaris davon eine Kopie zukommen, damit er davon in Kenntnis gesetzt ist. Ach, nein, lassen Sie das mit der Kopie ruhig bleiben. Die kann *ich* ihm zuschicken – als Anlage zu meiner Beschwerde über Ihr Verhalten mir gegenüber. Ich vermute, es wird ihn interessieren, dass er eine so hervorragende Mitarbeiterin hat, die ihre Fälle ganz ohne

Hinweise aus der Bevölkerung lösen kann. Dafür werden Sie bestimmt eine Belobigung erhalten."
Es folgte langes Schweigen, bis Jenny schon glaubte, die Polizistin hätte längst aufgelegt. Sie sah Rainer fragend an, aber der konnte nur mit den Schultern zucken, da er sich wohl auch keinen Rat wusste.

„Also gut", ertönte plötzlich die Stimme von Commissaris Ruijters aus dem Lautsprecher. Sie klang ein wenig frustriert, aber auch ein wenig betreten, so als hätte sie zwar eingesehen, dass sie sich anhören sollte, was Jenny zu berichten hatte. Gleichzeitig schien sich alles in ihr dagegen zu sträuben, einer gewöhnlichen Bürgerin zuhören zu müssen, die doch nur mit laienhaften Theorien über angeblich beobachtete Verbrechen prahlen wollte. „Dann lassen Sie mal hören."

Jenny wusste selbst nicht, wie sie darauf kam, jedenfalls fragte sie: „Ist zufällig eine Veronica van Beveren als vermisst gemeldet worden?"

„Woher ...", platzte Ruijters nach einer erneuten Pause heraus und verstummte gleich wieder, doch das erste Wort ließ keinen Zweifel daran, wie die Frage lauten sollte.

„Woher ich das weiß, wollten Sie mich fragen?", redete Jenny weiter. „Ich weiß es nicht, es war nur eine Vermutung, weil heute Morgen ihre Brieftasche vor meiner Pension lag. Und dann hat auch noch jemand ein Fahrrad am Gartentor meines Nachbarn angekettet. In einer der Satteltaschen befand sich eine Gehaltsabrechnung von Veronica van Beveren." Nach einer kurzen Pause fügte sie hinzu: „Außerdem befindet sich in ihrer Brieftasche ein Zettel, der mit ziemlicher Sicherheit von Markus Sänger mit seiner Telefonnummer und einem Datum versehen wurde, das auf ein geplantes Treffen der beiden am vergangenen Sonntag hindeutet." „Das ist ...", begann die Polizistin, verstummte aber gleich wieder. Es war offensichtlich, dass sie gerade alles verarbeitete, was Jenny ihr soeben gesagt hatte. Zweifellos versuchte sie, die Bedeutung dieser mutmaßlichen Zusammenhänge zu erfassen. Schließlich fragte sie: „Wo sind Sie jetzt gerade?"

„Ich stehe zwischen dem Deich und meiner Pension."

„Könnten Sie mir einen Gefallen tun?", fragte die Commissarisin einem verhaltenen Tonfall.

„Ich höre, Mevrouw Ruijters", sagte sie und zwinkerte Rainer zu, der sich das Lachen verkneifen musste, als er hörte, wie kleinlaut die von sich so eingenommene Polizistin mit einem Mal geworden war.

„Sie befinden sich ja nur ein paar Meter von der Stelle entfernt, an der Sie gestern die Leiche von Markus Sänger entdeckt haben, richtig?"

„Ja."

„Wenn es nicht zu viel verlangt ist, könnten Sie dann kurz nachsehen, ob ... ob an der gleichen Stelle jetzt womöglich ein zweites Opfer liegt?"

„Sie meinen Veronica van Beveren, richtig?", hakte Jenny nach.

„Ja", kam die leise Antwort.

„Kein Problem", sagte Jenny und stellte sich amüsiert die ungläubige Miene dieser Frau vor, die fest daran geglaubt haben musste, von ihr eine Abfuhr erteilt zu bekommen. „Wollen Sie am Apparat bleiben oder soll ich Sie wieder anrufen?"

„Es sind nur ein paar Schritte, oder?"

„Ja, richtig."

„Dann bleibe ich dran."

„Sagen Sie", fragte Jenny, „wann wurde denn diese Veronica als vermisst gemeldet?"

„Heute früh um sieben", erwiderte Ruijters. „Ihre Mitbewohnerin wollte sich auf den Weg ins Büro machen, als ihr auffiel, dass Veronica in der Nacht nicht von der Arbeit zurückgekommen war. Sie fährt jeden Abend gegen halb elf in Westkapelle los, sobald die Kneipe zumacht, in der sie arbeitet. Sie nimmt für den Heimweg immer die Strecke auf dem Deich, aber heute war sie nicht zu Hause. Auch ihr Fahrrad war nicht da, und es gab keine Nachricht von ihr. Weil ihre Mitbewohnerin zu Bett geht, lange bevor Veronica daheim ankommt, sehen sie sich abends so gut wie nie. Veronica ist daher auch diejenige, die den Riegel an der Wohnungstür zuschiebt, sobald sie da ist."

„Und dieser Riegel stand heute Morgen offen?", hakte Jenny nach, während sie sich mit Rainer der Treppe näherte, die auf den Deich führte.

„Richtig. Und deshalb hat sie angerufen", sagte Ruijters. „Zuvor hat sie aber noch Veronicas Chef aus dem Bett geklingelt, der ihr bestätigt hat, dass sie sich zur üblichen Zeit auf den Heimweg gemacht hatte."

Sie ging die Treppe hinauf. Auf der Deichkrone angekommen musste sie nur ein paar Meter nach links gehen, um sich wieder an dem Punkt zu befinden, von dem aus sie Sängers Leichnam entdeckt hatte. Sie kniff die Augen zu und atmete tief durch, drehte sich nach links, betrachtete das Gebüsch und sagte: „Ich glaube, Sie können sich mit Ihren Leuten auf den Weg hierher machen."

„Verdammt“, fluchte die Polizistin, dann fügte sie an: „Danke, Mevrouw van Oosterburg. Ich ... melde mich später am Tag bei Ihnen.“

„Okay, dann bis später“, murmelte Jenny und legte auf.

„Nummer zwei?“, fragte Rainer betreten.

„So sieht es aus“, antwortete sie und sah sich um. Sie setzte sich neben dem asphaltierten Weg ins Gras.

„Was hast du vor?“, wollte er wissen.

„Ich warte, bis die Polizei hier ist“, sagte sie. „Auch wenn sie niemand entdecken kann, der nicht ganz gezielt nach ihr sucht, kann ich nicht einfach weggehen und sie allein zurücklassen.“

„Darf ich dir Gesellschaft leisten?“

Jenny schüttelte den Kopf. „Nein, du darfst *ihr* Gesellschaft leisten.“

Wortlos setzte er sich zu ihr und wartete gemeinsam mit ihr, dass die Polizei eintraf.

***

Jenny hatte soeben ein älteres Ehepaar zu seinem Zimmer im Erdgeschoss in einem der beiden Nebengebäude gebracht und ihnen alles Wichtige gezeigt und erklärt. Die Frau war nicht mehr so gut zu Fuß und ging erfreut auf das Angebot ein, sich das Frühstück aufs Zimmer bringen zu lassen, auch wenn sie dann auf die ganze Bandbreite des Buffets verzichten musste.

Als Jenny ins Haupthaus zurückkehrte, stand dort Commissaris Ruijters gegen die Empfangstheke gelehnt und blätterte in einer Touristenbroschüre.

„Mevrouw Ruijters“, grüßte sie sie und nickte ihr zu.

„Mevrouw van Oosterburg“, erwiderte die Polizistin mit ernster Miene. „Können wir uns irgendwo ungestört unterhalten?“ Ihr Blick wanderte dabei über den auch jetzt um ein Uhr mittags noch gut besuchten Speisesaal, der wenig Privatsphäre ermöglichte – erst recht nicht für das Thema, um das es gehen würde.

„Nehmen wir mein Büro“, sagte Jenny und bedeutete der anderen Frau, ihr hinter die Theke zu folgen. „Das ist zwar etwas klein geraten, aber da haben wir zumindest unsere Ruhe.“

„Klein, aber zweckmäßig“, stellte Ruijters anerkennend fest, als sie das Büro betrat und Jenny hinter ihr abschloss.

Sie nahmen auf den beiden Bürostühlen Platz, dann begann Ruijters ohne Vorrede: „Die Tote ist tatsächlich Veronica van Beveren. Wir haben ihr Smartphone auf der anderen Seite des Deichs entdeckt und konnten es mit ihrem Fingerabdruck entsperren.“

„Auf der anderen Seite des Deichs?“, fragte Jenny. „Wie ist es denn da hingekommen?“

„Wir haben uns das Fahrrad angesehen und herausfinden können, dass der Schaden am Reifen aller Wahrscheinlichkeit nach von einem Draht verursacht wurde, den man zwischen zwei Pfosten auf dem Deich gespannt hatte, die früher wohl mal zu einer Schranke gehörten. An beiden Pfosten befinden sich Reste von einem sehr dünnen und sehr stabilen Draht, der sich so in den Reifen schneidet, wie es bei diesem Fahrrad der Fall ist. Man muss natürlich relativ schnell fahren, denn sonst würde man dagegenprallen und ‚nur‘ zur Seite kippen“, berichtete Ruijters.

„Besonders schnell würde man wohl fahren, wenn man von jemandem verfolgt wird“, sagte Jenny.

„Richtig. Und dann würde man noch weniger auf den Weg achten und das Hindernis erst bemerken, wenn man dagegenfährt“, bestätigte die andere Frau. „Beim Sturz ist das Smartphone weggeschleudert worden und am Fuß des Deichs gelandet – auf der zum Meer gewandten Seite.“

„Mein Gott, was muss das für ein Sturz gewesen sein“, flüsterte Jenny erschrocken.

„Ein brutaler“, bestätigte die Polizistin. „Aber womöglich hat sie ihn überlebt. Das wird die Autopsie hoffentlich ergeben. Falls ja, dann hat sie vermutlich miterlebt, wie ihr genauso wie Sänger ein Draht um den Hals gelegt und zugezogen wurde.“

„Sie wurde auch ...“

„... stranguliert? Ja, das wurde sie. Aber es ist möglich, dass sie sich beim Sturz das Genick gebrochen hat und der Täter sie nur der Form halber stranguliert hat, weil es genau danach aussehen sollte.“

Jenny schüttelte den Kopf. „Wer macht nur so etwas?“

„Jemand, der beweisen will, dass er es kann und dass wir ihn nicht fassen werden, während er weiter mordet“, sagte Ruijters und schaute finster drein. „Letztlich werden die meisten von ihnen doch überführt und dann müssen sie feststellen, dass sie sich geirrt haben, was ihre scheinbare Überlegenheit angeht. Leider macht das die Menschen nicht wieder lebendig, die diesem Irrglauben zum Opfer gefallen sind.“

Jenny griff nach der Brieftasche der Toten und zeigte ihr den Zettel mit Sängers Telefonnummer. Dann packte sie die Tasche aus und hielt ihr den Zettel hin, auf dem nur Harald und eine Nummer notiert waren. „Was sagen Sie zu der Handschrift?", wollte sie wissen.

Die Polizistin legte die beiden Zettel aufeinander, hielt sie gegen die helle Deckenleuchte und bewegte die Blätter hin und her. Schließlich antwortete sie: „Wir bräuchten eigentlich ein Urteil eines Experten. Aber wenn ich allein schon die Zahlen übereinanderlege, sind viele so gut wie deckungsgleich. Und der Rest ist ähnlich genug, um davon ausgehen zu können, dass Markus Sänger beide Zettel beschrieben hat. Haben Sie herausgefunden, wem die Nummer gehört?"

„Seinem Bruder Harald Sänger", sagte sie.

„Er hat einen Bruder? Interessant." Sie machte eine Notiz.

„Er kommt heute Abend her", ließ Jenny sie wissen.

„Wer sagt das?"

„Er selbst. Ich habe ihn angerufen."

Ruijters sah sie mit leicht zusammengekniffenen Augen an. „Und warum?"

Jenny zuckte mit den Schultern. „Weil mir langweilig war. Und weil Sie mit Ihren Leuten nach getaner Arbeit abgezogen sind, ohne sich um Sängers Habseligkeiten zu kümmern. Ich hatte keine Lust, dazusitzen und nichts zu tun, nur weil Ihre Leute vermutlich kein Interesse mehr hatten, irgendwelche Ermittlungen anzustellen."

Ruijters schüttelte den Kopf. „Das war leider Chaos pur. Jeder war der Ansicht, dass der andere sich um das kümmert, was Sänger zurückgelassen hat. Dummerweise ist das aber erst auf der Wache aufgefallen. Deshalb wollten wir Sängers Sachen heute im Lauf des Tages bei Ihnen abholen." Sie verzog mürrisch den Mund.

„Stattdessen haben wir es jetzt schon mit dem zweiten Opfer zu tun und prompt wird vieles von dem Normalen um uns herum unter unseren Füßen weggerissen und auf den Kopf gestellt."

Als Ruijters eine Weile schweigend dasaß, nutzte Jenny die Gelegenheit und stellte ihr die Theorie vom rachsüchtigen Freund von Veronica vor, der sie und Sänger auf dem Gewissen hatte. Zu Jennys großem Erstaunen hörte sich die Commissaris alles geduldig an und ließ nur hin und wieder erkennen, dass sie anderer Meinung war, ohne Jenny jedoch zu unterbrechen.

„Ja, das wäre denkbar", stimmte die Polizistin ihr zu, als sie geendet hatte. „Das wäre jedenfalls eine schnörkellose Auflösung dieser beiden Fälle. Kein bis ins letzte Detail ausgefeilter Plan, der sofort scheitert, wenn es an einer Stelle plötzlich hakt." Sie unterbrach sich, um sich zu räuspern. „Wissen Sie, Mevrouw van Oosterburg, dass ich gestern so abweisend zu Ihnen war, hatte einen guten Grund. Der hat nichts mit Ihnen persönlich zu tun. Es gibt einfach zu viele Hobbydetektive auf der Welt, oder besser gesagt: Leute, die sich für Hobbydetektive halten. Sie beobachten, wie ein Mann aus einem Geschäft gelaufen kommt, in ein Auto einsteigt und wegfährt. Bevor überhaupt klar ist, was der Grund für diese Szene ist, wird sofort der Notruf gewählt und ein Raubüberfall auf einen Bäcker oder was auch immer gemeldet. Das Kennzeichen wird durchgegeben, und wenn der Wagen dann angehalten wird, stellt sich heraus, dass dem Mann erst beim Bäcker aufgefallen ist, wie spät es bereits ist und er sich beeilen musste, um einen wichtigen Termin nicht zu verpassen. Den er dann natürlich verpasst, weil ein Streifenwagen ihn angehalten hat. Oder nehmen Sie den Nachbarn, der einen alten aufgerollten Teppich in seinen Wagen lädt. Sie können sich nicht vorstellen, wie oft uns eine solche Beobachtung gemeldet und im gleichen Atemzug behauptet wird, er würde seine ermordete Ehefrau in den Wald bringen."

Jenny nickte. „Ich kann mir vorstellen, dass so etwas die Nerven strapazieren kann."

„Das tut es auch. Das können Sie mir glauben. Und deshalb war ich zuerst auch gewohnheitsmäßig skeptisch, als Sie mir den Fund des Toten meldeten und ich feststellen musste, dass womöglich viele Spuren vernichtet worden waren, als Sie den Toten umgedreht hatten."

„Was hätte ich anderes machen sollen?", fragte Jenny. „Dastehen und abwarten?"

„Nein, nein. Sie haben schon richtig gehandelt. Ich sehe ja inzwischen auch, wie überlegt Sie vorgehen", beteuerte Ruijters. „Sie haben hier schon einiges an Vorarbeit geleistet. Und wie gesagt, diese Theorie vom rachsüchtigen Freund ist nicht schlecht. Wir werden uns jetzt noch einmal mit Veronicas Mitbewohnerin unterhalten müssen. Nicht selten ist derjenige, der eine Person als vermisst meldet, selbst der Täter."

„Tatsächlich?"

„Na ja, die Leute denken halt, dass wir sie vermutlich gar nicht verdächtigen werden, weil ja schließlich kein Mörder so dumm sein kann, die Polizei auf einen von ihm begangenen Mord aufmerksam zu machen", sagte Ruijters. „Es würde mich deshalb nicht wundern, wenn sich diese Mitbewohnerin als Doppelmörderin entpuppt. Aber ich glaube nicht, dass es so einfach sein wird. Wenn Ihnen noch etwas einfällt oder auffällt, rufen Sie mich bitte an oder schicken Sie mir eine Mail."

„Und was soll ich jetzt mit Harald Sänger machen?", fragte Jenny ein wenig unschlüssig. „Ich nehme ja an, dass ich mit den Ermittlungen nichts mehr zu tun habe."

Ruijters sah sie erstaunt an. „Wer hat Ihnen denn so was erzählt?"

„Heißt das ...", begann sie zögerlich die Frage zu formulieren, die sie lieber nicht aussprechen wollte, weil sie fest mit einem entschiedenen Nein rechnete.

„Das heißt es", sagte Ruijters und grinste sie an. „Ich kann Ihnen doch nicht verbieten, mit anderen Leuten zu reden."

Jenny konnte sich ein Lächeln nicht verkneifen. „Danke, Mevr..."

„Ilse, einfach Ilse."

„Aber nur, wenn Sie zu Jenny wechseln."

„Gerne, Jenny."

Die Frauen sahen sich einen Moment lang an, dann fragte Jenny: „Und was mache ich jetzt mit Sängers Bruder, wenn er nachher hier eintrifft? Sie sollten wissen, dass Harald etwas verärgert darüber war, nicht durch die Polizei vom Tod seines Bruders zu erfahren, sondern durch mich."

„Treffen Sie sich mit ihm und gehen Sie so vor, wie Sie es sich vorgenommen haben", sagte Ilse. „Ich nehme in der Zwischenzeit den regulären Dienstweg und lasse feststellen, wo welche Verwandten von Markus Sänger zu finden sind, und dann werden die Kollegen vor Ort gebeten, sich mit diesen Verwandten in Verbindung zu setzen und ihnen von dem Todesfall zu berichten. Auf diese Weise fühlt sich niemand übergangen. Bislang wissen wir zum Beispiel noch gar nicht, ob der Tote eine Ehefrau und Kinder hinterlässt. Die würden dann in jedem Fall vor seinem Bruder informiert werden."

„Ich halte Sie auf dem Laufenden, was wir von Harald über seinen Bruder erfahren."

„Darum wollte ich Sie als Nächstes bitten, Jenny", sagte Ilse. „Das ist nämlich umso wichtiger, wenn wir mit ihm Kontakt aufnehmen. Womöglich verschweigt er uns etwas, was er Ihnen bedenkenlos anvertrauen würde." Dann holte sie ein Tablet aus der Schultertasche und erstellte eine Liste der Dinge, die sich in Sängers Reisetasche befanden. Sie listete auch den Inhalt der Brieftasche auf und erfasste auf einer separaten Liste, was die ermordete Frau bei sich getragen hatte. „Das Fahrrad von Veronica van Beveren ... das ist doch das, das nebenan am Tor angekettet ist, richtig?"

„Ja, genau. Es ist mit einer dieser ganz neuen Ketten festgemacht, für die man schon zum schwereren Werkzeug greifen muss."

„Okay", sagte sie und machte eine Notiz. „Ich schicke diese Liste jetzt an Ihren Drucker, damit Sie eine Quittung für alles haben, was ich mitnehme."

Minuten später war alles erledigt und Ilse Ruijters machte sich mit Sängers Habseligkeiten auf den Weg. Kaum war sie gegangen, kam Rainer die Treppe herunter. „Na? Ist der Drache wieder abgezogen?", fragte er mitfühlend.

„Der Drache ist handzahm geworden", antwortete Jenny amüsiert. „Wir sind jetzt beim Vornamen."

„Wie konnte denn das geschehen? Hast du sie unter Drogen gesetzt?"

Jenny musste lachen. „Nein, das war nicht nötig. Komm, lass uns was essen gehen, dann erzähle ich dir, wie es gelaufen ist."

„Ehrlich gesagt bin ich froh, dass diese Commissaris Ruijters eine solche Kehrtwende zum Guten hingelegt hat", sagte Rainer, als sie später am Tag im Speisesaal der Pension bei einer Tasse Kaffee zusammensaßen. „Ich arbeite lieber mit der Polizei zusammen anstatt gegen sie. Das gibt einem immer so ein ungutes Gefühl, dass man sich vielleicht ja doch am Rande der Legalität bewegt ... oder dass man sogar schon einen Schritt zu weit gegangen ist."

„Machst du das regelmäßig?", fragte sie mit einem spitzbübischen Funkeln in den Augen.

Rainer zog die Augenbrauen. „Regelmäßig? Was meinst du?"

„Na, mit der Polizei zusammenarbeiten und nicht gegen sie."

Daraufhin verdrehte er übertrieben die Augen und sagte in einem gespielt beleidigten Tonfall: „Leg doch nicht jedes Wort auf die Goldwaage. Du weißt, wie es gemeint ist."

„Natürlich weiß ich das", entgegnete Jenny. „Es hörte sich nur so an, als würdest du jede Woche bei ein bis zwei Mordfällen mit der Polizei zusammenarbeiten. Aber falls das hier ausartet und ich das Gefühl habe, nicht mehr *mit der Polizei*, sondern nur noch *für sie* zu arbeiten, dann steige ich da aus und wir machen wieder auf eigene Faust weiter."

„Einverstanden, Jenny. Mit etwas Glück wird das Verbrechen ja in Zukunft einen Bogen um Zuiderdijk machen", sagte Rainer. „Zwei Tote innerhalb von zwei Tagen genügen erst mal."

„Freu dich lieber nicht zu früh", warnte Jenny ihn. „Der heutige Tag ist noch nicht vorbei. Es würde mich ehrlich gesagt nicht wundern, wenn morgen früh das dritte Opfer zu beklagen wäre." Sie trank einen Schluck Kaffee. „Es würde mich entsetzen, aber nicht wundern."

„Schon kurios", meinte Rainer nachdenklich. „Da komme ich hierher, um eine Auszeit zu nehmen, weil mir der Trubel in den Staaten zu viel wird, und kaum bin ich hier, wetteifert das beschauliche Zuiderdijk mit der Kriminalstatistik von New York."

Schmunzelnd lehnte sich Jenny auf ihrem Stuhl nach hinten. „Vom Regen in die Traufe, wie?"

Rainer winkte ab. „Wie gesagt: Ich übe mich in Zuversicht."

Jennys Smartphone summte zweimal, um den Eingang einer SMS zu melden. „Ah", sagte sie. „Das ist Harald Sänger. Er ist jetzt in Rotterdam und schätzt, dass er in einer Stunde hier sein wird."

„Das wäre dann gegen sechs", erwiderte Rainer nach einem Blick auf die Uhr. „Das ist gut. Wenn er von der Autofahrt nicht zu geschafft ist, wird er uns hoffentlich heute Abend noch einige erhellende Dinge über seinen Bruder berichten können."

„Der Mann kommt aus Hamburg mit dem Auto her und bewegt sich seit zwei Stunden durch den berüchtigten Feierabendverkehr der Niederlande", zählte sie auf. „Und du hoffst, dass er heute Abend noch zum Plaudern aufgelegt ist? Da bin ich aber mal gespannt."

***

Jenny stand mit dem Rücken zur Empfangstheke und durchsuchte mittlerweile zum vierten Mal den Berg aus Belegen aus dem Vorjahr, der ihr von ihrem Steuerberater am Nachmittag zurückgebracht worden war. Da sie auf die Schnelle keinen anderen Platz dafür hatte finden können, musste seitdem alles auf dem breiten Sideboard zwischenlagern. Als hätte der genau in dem Jahr speziell für die Rezeption gekaufte kleine Drucker das gewusst, gab er nur Minuten später den Geist auf, als er einen Anzahlungsbeleg für eine Zimmerreservierung ausdrucken sollte. Sie wusste, sie hatte den Drucker in einem Elektronikmarkt in Breda gekauft und bar bezahlt, also brauchte sie den Kassenbon für eine Reklamation. Und dieser Kassenbon musste sich irgendwo in dem Stapel befinden, auch wenn er bei den ersten drei Anläufen nicht aufgetaucht war. Ihr Steuerberater hatte ihn sogar gebucht, folglich existierte er. Aber ...

„Entschuldigung, sind Sie Frau van Oosterburg?", hörte sie auf einmal einen Mann fragen, dessen Stimme ihr aus einem unerfindlichen Grund einen Schauer über den Rücken jagte.

„Ja, ich ...", begann sie und drehte sich um. Vor ihr an der Theke stand ... Markus Sänger.

„Sie sind gar nicht tot?", flüsterte sie.

7. Kapitel

„Wie bitte?", fragte der Mann irritiert.

„Sie sind ..."

„Harald Sänger", sagte er. „Wir haben telefoniert. Ich hatte noch vor gut einer Stunde eine SMS geschickt. Das hier ist doch Huis Zonnebloem, oder nicht?"

„O ja natürlich", antwortete sie. „Sie sind hier richtig. Wir haben Sie auch erwartet, aber ich konnte ja nicht ahnen, dass Sie und ihr Bruder ..."

„... Zwillinge sind?", führte er ihren Satz zu Ende.

„Ganz genau", sagte sie. „Ich hatte mit einer älteren oder jüngeren Version Ihres Bruders gerechnet, aber nicht damit, ihn wieder vor mir zu sehen, nachdem ... Sie wissen schon."

Er nickte ernst. „Ja, ich weiß. Ich ... ähm ... also ehrlich gesagt weiß ich gar nicht, wo und wie ich anfangen soll."

„Ich bin genauso ratlos wie Sie, Meneer Sänger", erwiderte sie. „So etwas ist mir in meiner ganzen Zeit hier noch nie passiert. Und heute Morgen fast genau das Gleiche noch einmal ..."

„Ist etwa noch einer Ihrer Gäste ermordet worden?", fragte er so erschrocken, als wollte er am liebsten Hals über Kopf das Haus wieder verlassen.

„Ach, das wissen Sie ja noch gar nicht“, murmelte sie und sah, dass Rainer von seinem Spaziergang auf dem Deich zurückkam. Als er die Tür öffnete und hereinkam, drehte sich Sänger zu ihm um, woraufhin Rainer stehenblieb und die Augen weit aufriss.

„Du siehst keinen Geist vor dir, Rainer“, rief sie ihm zu. „Das ist Harald Sänger, der Bruder. Der Zwillingsbruder, um genau zu sein.“

„Oh“, machte er und ging auf den Mann zu. „Ich bin Rainer Trompeter, ein Freund dieser charmanten Dame hinter der Theke. Darf ich Ihnen erst einmal mein Beileid aussprechen?“

„Danke, Herr Trompeter“, sagte er. „Haben Sie meinen Bruder auch gekannt?“

„Nein, ich bin erst gestern Morgen hier angekommen, nachdem ... Sie wissen schon“, erwiderte er.

Sänger nickte nur und sah wieder zu Jenny. „Auch wenn es schon ziemlich düster ist, würde ich gerne sehen, wo man ihn gefunden hat. Also seine vorletzte Ruhestätte, wenn man so will.“

„Selbstverständlich“, sagte sie und griff nach dem Telefon. „Ich muss nur Bescheid sagen, damit jemand den Empfang übernimmt. Rainer, kannst du zwei Taschenlampen von hinten holen?“ Nachdem das erledigt war, kam sie nach vorn und stutzte. „Ihr Gepäck, Meneer Sänger?“

„Das ist noch im Wagen“, antwortete er. „Ich wollte erst Gewissheit haben, dass ich hier auch richtig bin.“

Sie ging vor, Sänger folgte und Rainer bildete die Nachhut der kleinen Gruppe.

„Kann ich meinen Wagen hier vor dem Haus parken?“, fragte der Mann, als sie sich der Straße näherten, und deutete auf den schwarzen Audi. „Ich habe keine Parkverbotsschilder gesehen, einen Parkscheinautomaten aber auch nicht."

„Ein typisches Problem bei unseren Touristen", sagte sie. „Sie müssen auf die gelb gestrichene Bordsteinkante achten. Diese Linie bedeutet Parkverbot, auch wenn es keine Schilder gibt."

„Oh, gut zu wissen", entgegnete Sänger. „Dann stelle ich den Wagen weg, sobald wir zurück sind."

„Davon muss ich abraten, Meneer Sänger. Sie können Glück haben, hier drei Wochen lang den Wagen zu parken, ohne dass die Polizei etwas davon mitkriegt. Aber wenn man es drauf ankommen lässt, dann ist die Parkkralle bereits montiert, wenn wir in zehn Minuten vom Deich zurückkehren. Und Sie können sich von ein paar hundert Euro verabschieden."

„Das würde mir aber gar nicht gefallen", murmelte er.

„Wenn Sie bis zum Ende der Straße fahren", redete Jenny weiter, „befindet sich da die Zufahrt zu einem großen Parkplatz. Eine Ecke ist für uns reserviert. Sie können Ihren Wagen da abstellen, wo ‚Huis Zonnebloem' steht. Wir kommen hinterher, weil wir nämlich da vorn die Treppe auf den Deich nehmen müssen. Da, wo das Schild ‚Strand' steht."

„Das sehe ich", sagte er. „Gut. Dann fahre ich rüber und wir treffen uns an der Treppe."

Nachdem er eingestiegen und losgefahren war, setzten sich auch Jenny und Rainer in Bewegung.

„Was habe ich einen Schreck bekommen, als ich ihn gesehen habe", sagte Rainer. „Ich habe seinen Bruder zwar nur tot gesehen, aber das ist ja eine beeindruckende Ähnlichkeit. Das fasziniert mich jedes Mal aufs

Neue, wenn ich zwei Menschen vor mir habe, die sich zum Verwechseln ähnlich sehen. Und dazu die gleiche Mimik, die gleichen Gesten ..."

„Ich kann mir vorstellen, dass das faszinierend ist", musste Jenny ihm zustimmen. „Ich glaube, im wahren Leben sind mir noch nie Zwillinge begegnet. Zumindest kann ich mich nicht daran erinnern. Aber mit Sicherheit hat mir noch nie der Zwilling eines Mannes gegenübergestanden, dessen Leiche ich einen Tag zuvor gesehen habe. Das war gerade eben richtig gruselig."

„Das glaube ich dir gerne", erwiderte Rainer. „Als wäre ein Toter auferstanden."

Sie gingen weiter, vorbei an dem wieder eingesetzten Gartentor von Nachbar Haaneveld, das die Polizisten mittlerweile von dem angeketteten Fahrrad befreit hatten. Als sie die Treppe zum Deich erreichten, kam ihnen Sänger vom Parkplatz entgegen.

„Ich habe meine Tasche im Wagen gelassen, die kann ich gleich noch mitnehmen, wenn wir von da oben zurückkommen", sagte er und folgte ihnen die Treppe herauf. Es war stürmischer als an den letzten Tagen, was ein sicheres Vorzeichen für einen schweren Herbststurm war, der jeden Tag einsetzen und über die Küste hinwegfegen konnte.

Oben angekommen gingen sie einmal mehr nach links, nur um nach ein paar Metern stehenzubleiben. „Dort unten", sagte Jenny und schaltete die kleine, aber sehr starke Taschenlampe ein, die die Fundstelle in einen hellen Schein tauchte.

Sänger trat einen Schritt vor, um die Fundstelle zu betrachten. Die Polizei hatte sie auch nach dem zweiten Leichenfund nicht mit Flatterband abgesperrt, was laut

Commissaris Ruijters ganz bewusst so entschieden worden war. Die Stelle konnte man nur vom Deich aus einsehen und auch nur von da aus erreichen, wenn man sich nicht durch das dichte Gebüsch zwängen wollte. So, wie sich die Ecke jetzt darstellte, war ihr nichts Besonderes anzusehen, weshalb sich auch niemand für sie interessieren würde. Ein Flatterband dagegen würde Aufmerksamkeit wecken. Es würde sich herumsprechen und ehe man sich versah, wimmelte es von neugierigen Leuten, die dort auf dem Deich herumtrampelten, wo niemand etwas zu suchen hatte.

Während sie dastanden, wanderte Jennys Blick zu ihm. Es war wirklich unheimlich, Harald Sänger vor sich zu sehen und sich immer wieder sagen zu müssen, dass das eben nicht Markus Sänger war. Da waren die gleichen markanten Wangenknochen, die tiefen Falten in den Mundwinkeln, die den Mittvierziger genauso um einige Jahre älter wirken ließen, wie es bei seinem Bruder der Fall gewesen war. Und dazu diese schiefergrauen Augen und dieses Kinngrübchen, das sie aus einem unerfindlichen Grund unglaublich attraktiv fand, dicht gefolgt von der tiefen, leicht rauen Stimme, die im Fall der Zwillingsbrüder aber nicht nach der Folge von jahrelangem übermäßigem Alkohol- und Zigarettengenuss klang.

„Ich würde jetzt gern zurückgehen“, sagte Sänger nach einer Weile.

„Ganz wie Sie wünschen“, erwiderte Jenny und ging voran.

„Haben Sie noch die Sachen meines Bruders?“, fragte er, als sie den Fuß der Treppe erreicht hatten. „Nein, leider war die Polizei heute Mittag da und hat alles mitgenommen. Ich habe der zuständigen Commissaris gesagt, dass Sie auf dem Weg hierher sind. Allerdings muss sie sich an den offiziellen Dienstweg halten, um von ihrer Seite aus Kontakt mit Ihnen aufzunehmen."

Er lachte spöttisch auf. „Was dann wohl in drei Wochen der Fall sein wird. Kann ich diese Frau irgendwie erreichen?"

„Wenn wir in der Pension sind, gebe ich Ihnen ihre Nummer", versicherte sie ihm. „Wenn Sie Ihr Gepäck holen wollen, warten wir hier."

Er winkte ab. „Sie können gern schon vorgehen. Ich muss noch zwei Anrufe erledigen, was ein paar Minuten dauern wird." Nach einer kurzen Pause fügte er hinzu: „Habe ich das richtig gesehen, dass Sie Abendessen auf Ihrer Karte haben?"

Jenny nickte. „Was hätten Sie denn gern?"

„Am liebsten etwas, das wenig Mühe macht", sagte er. „Eine große Portion Rührei, wenn es geht."

Ungläubig riss sie die Augen auf. „Rührei?"

Sänger sah sie einen Moment lang verständnislos an, dann verzog er den Mund zu einem schiefen Lächeln. „Ja, ich möchte wetten, mein Bruder hat das auch bestellt, richtig? Das war in unserer Kindheit eines unserer Lieblingsgerichte."

„Kein Problem. Sie werden Ihr Rührei bekommen", versicherte sie ihm.

Nachdem Harald Sänger ihnen in die Pension gefolgt war, hatte Jenny ihm die Codekarte für sein Zimmer gegeben, bei dem es sich ganz bewusst nicht um das seines Bruders handelte. Sie wusste, sie selbst hätte sich im Zimmer eines Mannes, der einem Mord zum Opfer gefallen war, nicht wohlfühlen können, auch wenn das Zimmer mit der Tat gar nichts zu tun hatte.

Als sie ihm jetzt die gewünschte Portion Rührei brachte und ihm einen guten Appetit wünschte, fragte er: „Würden Sie mir beim Essen Gesellschaft leisten?"

„Wenn es Ihnen nichts ausmacht, dass ich eine Tasse Suppe aus der Tüte esse", entgegnete Jenny mit einem Lächeln.

„Warum sollte mir das etwas ausmachen? Und Herr Trompeter ist natürlich auch willkommen", sagte er. „Schließlich haben Sie beide meinen Bruder gefunden und Sie sind ja auch beide darum bemüht, dieses Verbrechen aufzuklären. Ich würde mich gern mit Ihnen weiter unterhalten."

„Rainer, dein Typ wird verlangt", rief sie ihm zu, woraufhin er seinen Teller mit drei soeben aus der Fritteuse geholten Fleischkroketten nahm und den Speisesaal durchquerte.

„Was gibt es denn?", fragte Rainer interessiert.

„Es gibt zu viele Dinge, die ich wissen möchte", erklärte Sänger, „dass ich nicht bis nach dem Essen damit warten möchte."

„Fragen Sie drauflos", bot Rainer ihm an. „Was wir beantworten können, werden wir auch beantworten."

„Nun, Sie wollten vorhin etwas zu irgendeiner Sache sagen, die heute Morgen passiert ist", sagte Sänger an Jenny gewandt.

„Ja, richtig. Heute Morgen wurde eine junge Frau tot aufgefunden, ebenfalls erdrosselt. In ihrer Brieftasche befand sich ein Zettel mit der Telefonnummer Ihres Bruders und einer Datums- und Zeitangabe, die zu dem

Zeitpunkt passen würde, als Ihr Bruder vermutlich ermordet wurde. Die ermordete Frau hieß Veronica van Beveren. Sagt Ihnen der Name irgendetwas?"

Sänger schüttelte prompt den Kopf. „Nein. Allerdings wird mir mit großer Wahrscheinlichkeit auch kein anderer Name etwas sagen, den Sie in Verbindung mit Markus in Erfahrung gebracht haben."

Sie sah ihn fragend an.

„Sehen Sie, die Formulierung ‚Wir standen uns nicht sehr nahe' würde eine Übertreibung darstellen, was das Verhältnis zwischen Markus und mir angeht", fuhr er fort. „Wir hatten schon seit Ewigkeiten nichts mehr miteinander zu tun. Das heißt, so formuliert ist das nicht ganz richtig. Wir hatten schon noch miteinander zu tun, allerdings immer nur in der Form, dass er mich anrief, weil er Geld von mir haben wollte."

„Geld wofür?"

„Markus hatte früh mit Glücksspielen angefangen", sagte Sänger nach einer kurzen Pause. „Er war auf den klassischen Trick reingefallen, sich von einem Freund zu einer Pferdewette überreden zu lassen. Hundert Euro, mehr nicht. Und siehe da, gleich beim ersten Mal gewann er fünfhundert Euro. Was für eine grandiose Glückssträhne", fügte er mit einer Mischung aus Spott und Mitleid in seiner Stimme hinzu. „Gleich noch mal, jetzt aber Einsatz zweihundert Euro. Natürlich gewinnt er und kassiert achthundert Euro. Dreihundert Euro eingesetzt, tausenddreihundert gewonnen. Reingewinn tausend Euro. Wo so viel geht, ist auch noch mehr drin. Also setzt er tausend Euro auf irgendein Pferd, das ihm irgendjemand empfiehlt. So geht es eine ganze Weile weiter, bis er beim Roulette zwanzigtausend auf die Neun setzt. Und verliert." Er zog die Augenbrauen hoch. „Na, das kann doch nicht sein. Das muss ein Irrtum gewesen sein. Noch mal zwanzigtausend, aber ... die hat er ja gar nicht! Was tun? Einen netten Geldverleiher könnte man doch fragen, schließlich bekommt der Mann ja in ein paar Minuten sein Geld zurück, sobald die Neun gefallen ist. Aber die fällt schon wieder nicht und auf einmal schuldet man jemandem zwanzigtausend Euro, dessen Namen man nicht mal kennt."

„Also ruft man den Bruder an, damit der einem aus der Klemme hilft", warf Rainer ein.

„Und der Bruder, der ja nicht will, dass sein dummer jüngerer Zwillingsbruder von einem Schlägertrupp in die Mangel genommen wird, rückt das Geld raus", fuhr Harald Sänger fort. „Einmal habe ich das gemacht, ein zweites Mal auch noch, aber beim dritten Mal nicht mehr. Ich wollte, dass er einsieht, dass er spielsüchtig ist, und dass er etwas dagegen unternimmt. Doch er sah es nicht ein. Er hatte immer wieder Spielschulden und danach Ärger mit seinen Gläubigern. Irgendwie gelang es ihm, die Leute noch ein paar Tage hinzuhalten, und dann gab er ihnen ihr Geld zurück, das er sich von einem anderen geliehen hatte. Als der dann wiederum sein Geld haben wollte ... Sie können sich denken, wie das weitergegangen ist."

„Und Sie sollten seine Spielschulden begleichen?", fragte Jenny. „Wie kam er auf die Idee, dass Sie das tun würden?"

„Weil das der Punkt ist, in dem wir uns voneinander unterscheiden wie Tag und Nacht", erklärte Sänger. „Ich habe immer Geld zurückgelegt, um Kapital anzusparen. Damals hatten wir ja noch die D-Mark. Bereits da habe ich von jeder Mark Taschengeld fünfzig Pfennig zur Seite gelegt und auf mein Sparbuch eingezahlt. Markus bekam morgens seine Mark und war abends schon wieder pleite. Später waren es dann fünf Mark, zehn Mark und so weiter und ich zahlte immer noch die Hälfte auf mein Sparbuch ein, während Markus alles verprasste. Sein Rekord war, ein einziges Mal erst am dritten Tag keinen Pfennig mehr zu haben. So ging das weiter, als wir unsere Ausbildung machten und dann den ersten richtigen Job hatten. Markus konnte froh sein, dass die Bank seine Miete und andere regelmäßige Ausgaben schnell genug abbuchte, damit er das Geld nicht auch noch verjubeln konnte."

„War er da auch schon dem Glückspiel verfallen?", wollte Rainer wissen.

„Ja, aber das beschränkte sich auf diese Geldautomaten in Spielhallen", antwortete er. „Ich sagte ihm immer wieder, er solle damit aufhören, aber es kümmerte ihn nicht. Ich schätze, es war gar nicht zu verhindern, dass er von da an zu den Pferdewetten und all dem anderen Mist abglitt."

„Meinen Sie, sein Tod könnte etwas mit seiner Spielsucht oder seinen Schulden zu tun haben?", fragte Jenny.

„Keine Ahnung. Wie ich schon sagte, hatte ich von meiner Seite keinen Kontakt zu ihm und er rief immer seltener an, um mich anzubetteln", sagte er. „Er schien begriffen zu haben, dass ich ihm aus dieser Klemme nicht heraushelfen würde. Trotzdem schien er nicht zu verstehen, dass er das Glücksspiel aufgeben musste. Ich weiß nicht, was in solchen Menschen vor sich geht. Ich kann mir von meinem Gehalt nichts leisten, weil ich zigtausend Euro Schulden abbezahlen muss. Und dann bekomme ich aus irgendwelchen dubiosen Quellen doch wieder tausend oder zweitausend Euro geliehen, und die verspiele ich sofort? Nehme ich nicht spätestens dann Vernunft an, wenn ich mir nicht mal mehr die nächste Mahlzeit leisten kann." Er zuckte mit den Schultern. „Vielleicht hätte ich mich mehr um ihn kümmern sollen. Ich weiß nicht, ob ich mir jetzt Vorwürfe machen soll oder nicht."

„Warum sollten Sie? Sie haben ihm doch nichts getan", hielt Jenny dagegen.

Er machte mit einer Hand eine vage Geste. „Man könnte auch sagen, ich habe nichts *für ihn* getan."

„Was hätten Sie tun sollen? Seine Schulden begleichen?", fragte Jenny.

„Ich hätte es tun können, Frau van Oosterburg. Es hätte meinem Konto nichts ausgemacht."

„Vielleicht nicht beim ersten Mal", warf Rainer ein. „Aber hätten Sie ihm heute zwanzigtausend Euro gegeben, dann wäre er in zwei Wochen wieder zu Ihnen gekommen und hätte dreißigtausend Euro gebraucht und wieder zwei Wochen später fünfzigtausend Euro. Ihm Geld zu geben, wäre nichts anderes gewesen, als einem Alkoholiker eine Flasche Wodka in die Hand zu drücken, wenn er alles ausgetrunken hat und nach mehr verlangt. Für ihn wäre das kein Grund gewesen, aufzuhören, sondern eine Rechtfertigung so weiterzumachen wie gewohnt. Wenn sich wieder Schulden anhäufen sollten, ist ja jemand da, der sich darum kümmert."

„Na ja, vermutlich haben Sie recht", sagte Harald Sänger leise. „Vielleicht hatte er sein Problem ja auch in den Griff bekommen und hat mich nur nicht mehr angerufen, weil er mich nicht um Geld bitten wollte. Ich hoffe, dass ich das herausfinden werde. Warum er hergekommen ist, dafür habe ich jedenfalls keine Erklärung. Oder ist die Gegend hier für illegales Glücksspiel bekannt?"

Unwillkürlich musste Jenny lachen. „Tut mir leid, Meneer Sänger. Nein, damit kann Zuiderdijk nicht dienen. Die einzige Form von illegalem Glücksspiel dürfte darin bestehen, dass mein Nachbar gegen den Willen seiner Frau Lotto spielt, aber schlimmer als das wird es nicht."

Sänger nickte flüchtig. „Sie sprachen davon, dass Sie in seiner Brieftasche meine Telefonnummer gefunden haben. War sonst noch etwas in der Brieftasche?"

„Ein paar Zettel mit Initialen und Durchwahlen ohne die eigentlichen Nummern der Anschlüsse, dazu ein halbes Dutzend Visitenkarten", sagte sie.

„Mit Adressen, die auf den ersten Blick keinen Sinn ergeben, weil sie nicht existieren", ergänzte Rainer.

„Die aber auf den zweiten Blick einen Sinn ergeben, wenn man anfängt, zu jonglieren", fügte Sänger hinzu.

Rainer zog verdutzt die Augenbrauen hoch. „Dann hatte ich recht?"

„Das ist sein alter Adressentrick", erklärte er. „Markus konnte ja schlecht die Adressen seiner illegalen Kontakte in ein Kalenderregister eintragen. Hätte man ihn in einem Hinterzimmer bei einer Pokerpartie erwischt und einen Blick in das Verzeichnis geworfen, dann wären die Jungs alle schnell vor einem Richter gelandet. Also hat er die Adressen und Telefonnummern von den vier oder fünf Leuten untereinander hin und her geschoben, sodass zum Namen auf Karte eins die Straße auf Karte zwei und der Ort auf Karte drei und so weiter gehörte."

„Das System habe ich entschlüsselt, soweit es die Straße, die Orte und die Vorwahl angeht. Beim Namen und beim Anschluss bin ich noch nicht weitergekommen", sagte Rainer.

„Das werden Sie ohne Markus auch nicht schaffen", musste Harald ihm enthüllen. „Die Telefonnummern hat er auf irgendeine Methode verändert, hinter die ich nie gekommen bin. Und bei den Namen hat er auch seine blühende Fantasie spielen lassen. Zu den Vornamen hat er sich Schauspieler herausgesucht und ihnen den Namen einer ihrer Film- oder Serienrollen gegeben. Das Gleiche hat er mit dem Nachnamen gemacht. Sie müssen also wissen, an welchen Schauspieler in welcher Rolle er gedacht hat, um auf den eigentlichen Namen zu kommen."

„Das ist ja ...", begann Rainer.

„Völlig verrückt, ich weiß", sagte Sänger. „Und dazu kommt, dass die Hausnummer nicht zwangsläufig die ist, wo der jeweilige Kontakt wohnt. Es kann das Haus links davon oder rechts davon oder vielleicht gegenüber sein oder aber die Einunddreißig ist in Wahrheit die Dreizehn."

„Also können wir die Visitenkarten komplett vergessen?", fragte Jenny.

„Ich fürchte, ja. Sofern die nicht ohnehin nur ein Ablenkungsmanöver waren, um Gläubiger oder deren Handlanger in die Irre zu führen", bekräftigte er. „Jedenfalls hat er es früher so gehandhabt. Ich weiß nicht, ob sich daran etwas geändert hat, aber Markus war eigentlich schon immer so eine Art Gewohnheitsmensch. Was er einmal angefangen hat, das hat er immer weitergemacht. Siehe Glücksspiel und Schuldenanhäufen."

„Ich nehme an, Sie wissen nichts über sein Privatleben, oder?", hakte Jenny nach. „Ich meine, war er verheiratet, hatte er Kinder? Irgendetwas in dieser Art?"

Von Harald Sänger kam nur ein betrübtes Kopfschütteln. „Ich habe keine Ahnung. Ich weiß nicht mal, wo er in den letzten Jahren gewohnt hat. Einmal habe ich ihm angeboten, für mich zu arbeiten ..."

„Was machen Sie beruflich?", wollte Rainer wissen.

„Mir gehört ein Logistikunternehmen. Für das Startkapital musste ich nur mein Sparbuch auflösen."

„Und er wollte nicht für Sie arbeiten?", fragte Jenny.

„Doch, das wollte er. Allerdings nur in der Buchhaltung und zwar in der Kreditorenbuchhaltung, zu der es auch gehört, Zahlungen an Lieferanten zu tätigen", erklärte er und verzog den Mund. „Also dort, wo er in aller Ruhe Gelder an seine Gläubiger hätte überweisen können, was zweifellos lange Zeit nicht auffällt, wenn man es geschickt anstellt. Natürlich habe ich ihn zum Teufel gejagt."

„Verständlich", meinte sie.

„Und trotz allem möchte ich wissen, wer meinen Bruder auf dem Gewissen hat", redete Sänger in düsterem Tonfall weiter. „Und auch, warum er sterben musste. Oder war er ein zufälliges Opfer? War er zur falschen Zeit am falschen Ort? Hat man ihn mit irgendjemandem verwechselt?" „Ich glaube nicht, dass es eine Verwechslung war", sagte Jenny. „Bedenken Sie, dass er seine Papiere, sein Telefon und sogar den Wagenschlüssel im Zimmer zurückgelassen hatte, als er am Sonntagabend das Haus verließ. Er hat ja sogar die Codekarte für sein Zimmer hinter den Scheibenwischer seines Wagens geklemmt. Ganz gleich, mit wem er sich treffen wollte, dieser Unbekannte sollte auf keinen Fall hinter seine Identität kommen."

„Hm", machte Harald Sänger. „Das ergibt aber keinen Sinn, wenn er sich mit jemandem treffen wollte, dem er Geld schuldete. Das klingt ja eher so, als wäre er bei irgendeiner illegalen Sache in der aktiven Rolle gewesen. Irgendeine Aktion, bei der er vielleicht sogar damit gerechnet hat, dass er zu Tode kommt. Damit ihn anschließend niemand identifizieren kann."

„Es wäre denkbar, dass er einen riskanten illegalen Auftrag annahm, weil man ihm angeboten hat, ihm seine Spielschulden zu erlassen", gab Rainer zu bedenken. „Sozusagen ein Angebot, das er nicht ablehnen konnte. So wie man Gefangene auf ein Himmelfahrtskommando schickt und ihnen die Freiheit verspricht, wenn sie es überleben, was nur in den seltensten Fällen gelingt."

„Wie wäre es denn, wenn wir Markus Sänger auferstehen lassen würden?", schlug Jenny vor.

„Wie bitte?", fragte der Bruder irritiert.

„Na, Sie machen einfach einen Spaziergang durch Zuiderdijk", erklärte sie, „und benehmen sich so ausgelassen und spendabel wie Ihr Bruder."

„Ausgelassen und spendabel?", wiederholte er ungläubig. „Mein Bruder?"

„Das ist das, was wir in verschiedenen Lokalen hier im Dorf gehört haben", bestätigte Rainer. „Er hat auf viele Leute so gewirkt, als hätte er im Lotto gewonnen, und entsprechend hat er Trinkgeld gegeben."

„Was glauben Sie, was sein Mörder für Augen machen wird, wenn Sie auf einmal mitten in Zuiderdijk auftauchen!", beharrte Jenny.

8. Kapitel

„Ich halte das für keine gute Idee“, sagte Commissaris Ilse Ruijters, als sie am nächsten Morgen Jennys Pension aufsuchte, um mit Harald Sänger zu reden, und sich Jennys Vorschlag anhörte, Harald Sänger in die Rolle seines Zwillingsbruders schlüpfen zu lassen.

„Wieso nicht? Was soll denn passieren, Ilse?“

„Was passieren soll? Sein Bruder wurde stranguliert. Was glauben Sie, was der Mörder versuchen wird, wenn er den Zwillingsbruder hier herumspazieren sieht?“

Jenny zuckte mit den Schultern. „Erst mal wird gar nichts passieren. Sie haben ja selbst gesagt, dass der Killer seinen Bruder stranguliert hat. Das wird er ganz sicher nicht versuchen, wenn Harald in Eric's Saté-Paleis sitzt und etwas isst. Falls er überhaupt reagiert, falls er überhaupt noch in Zuiderdijk ist und falls er überhaupt ein Interesse daran hat, auch den Bruder zu ermorden, dann wird er das heimlich machen. Und das gibt uns die Gelegenheit, ihm eine Falle zu stellen. Wenn wir immer dicht an Harald dranbleiben, ohne uns bemerkbar zu machen, dann können wir den Killer in dem Moment überwältigen, wenn er Harald angreifen will.“

„Ich nehme an, mit ‚wir‘ beziehen Sie sich auf meine Leute, richtig, Jenny?“, fragte Ilse ironisch. „Oder erwarten Sie, dass ich Sie das erledigen lasse?“

„Ich meine *wir* als Team“, sagte Jenny und grinste. „Tut mir leid, falls das anders rübergekommen ist. Ich kann mich nun mal leicht für eine Sache begeistern.“

„Zum Beispiel für eine Mörderjagd“, gab Ilse mit einem Augenzwinkern zurück und wurde auf eine Bewegung auf der Treppe aufmerksam. „Ah, Meneer Sänger, guten Morgen. Sind Sie bereit?“

„So bereit, wie man sein kann, wenn man den Leichnam des eigenen Bruders identifizieren muss“, murmelte er und fügte hinzu: „Ach ja, ebenfalls guten Morgen, Frau Ruijters.“ Dann nickte er Jenny zu und folgte der Polizistin nach draußen zu ihrem Wagen.

„Wie muss man sich bloß fühlen, wenn man praktisch sich selbst als Leiche auf einem Stahltisch liegen sieht?“, fragte Rainer, der schräg gegenüber am Tisch saß und beim Frühstück die Tageszeitung las.

Jenny sah sich um, aber zum Glück war der Speisesaal bis auf Rainer schon wieder verwaist. Es wäre ihr gar nicht recht gewesen, wenn andere Gäste diese Frage mitbekommen hätten.

„Ich kann es mir beim besten Willen nicht vorstellen“, antwortete sie und kam zu ihm an den Tisch. „Allerdings glaube ich, dass ich künftig nach einer langen Nacht beim Blick in den Spiegel keine Bemerkungen mehr über meine Leichenblässe machen werde.“

„Nimm dir so was lieber nicht zu sehr zu Herzen“, riet er ihr. „Sonst fängst du auch noch an, jedes Wort auf die Goldwaage zu legen.“

„Bloß nicht“, stöhnte sie. „Was hältst du eigentlich von Harald?“

„Was soll ich von ihm halten?“

„Ich meine, wie wirkt er auf dich?“, fragte sie. „Kaufst du ihm ab, was er sagt?“

„Was mich ein bisschen stört, ist die Art und Weise, wie er über seinen Bruder redet“, antwortete er. „Ich halte nichts von dieser Einstellung, dass man über Tote nicht schlecht reden soll. Wer sich zu Lebzeiten zum Beispiel wie ein menschenverachtender Egozentriker aufgeführt hat, den soll später niemand als einen netten Menschen bezeichnen müssen, nur weil man das so macht. Doch was diesen Harald angeht, klingt das manchmal so, als wollte er seinen Bruder noch etwas mehr herabsetzen als unbedingt nötig. Klar, ich würde auch nicht jemandem mit einem hohen Geldbetrag aushelfen, weil er beim Pferderennen aufs falsche Pferd gesetzt hat und irgendwelche Kredithaie und Wucherer von ihm den doppelten oder dreifachen Betrag kassieren wollen. Aber vielleicht hätte er ihm sagen können, dass er ihm dieses eine Mal aus der Patsche hilft, wenn Markus sich wegen seiner Spielsucht behandeln lässt.“ Er trank einen Schluck von seinem Tee. „Und was hältst du von ihm?“

„Mich stört das Gleiche wie dich“, antwortete sie. „Und mich stört, dass wir niemanden kennen, der uns seine Sicht der Dinge schildern kann. Der Mann hat in Hamburg seine Firma, da können wir nicht mal eben hinfahren und mit den Leuten im Betrieb reden, was sie denn von ihrem Chef halten. Wir wissen nicht, welche Verwandten noch leben, die etwas zu dem Verhältnis der beiden sagen könnten. Und selbst wenn, würde kein Mensch irgendein Familiengeheimnis ausplaudern, wenn da eine wildfremde Pensionswirtin aus Zeeland anruft und neugierige Fragen stellt."

„Genau genommen wissen wir ja nicht mal, ob Harald überhaupt die Wahrheit sagt", erwiderte er. „Er ist zwar aus Hamburg hergekommen, wie er sagt – wobei ja nicht mal das sicher ist –, aber wir wissen nicht, wie sein Logistikunternehmen heißt und wo sich dessen Sitz befindet. Ich habe heute Morgen mal im Internet gesucht, bin aber nicht fündig geworden. Das heißt natürlich nicht, dass es sein Unternehmen gar nicht gibt. Vielleicht taucht der Begriff Logistik gar nicht in der Firmenbezeichnung auf. Vielleicht hat er aus steuerlichen Gründen eine Gesellschaft gegründet, die als Eigentümerin des Logistikunternehmens agiert. Vielleicht findet sich der Firmensitz in einer Steueroase ..."

„Wir wissen nicht mit Sicherheit, ob er aus Hamburg hergekommen ist, hast du gerade gesagt", warf Jenny ein.

„Ja, wir haben ihn mobil erreicht – er kann in dem Moment überall gesessen haben", betonte Rainer.

Jenny tippte sich an die Stirn. „Richtig. Er kann praktisch überall gesessen haben, als sein Telefon klingelte. Wir wissen es nicht mit Sicherheit, aber wir können es vielleicht herausfinden."

Er legte den Kopf schräg und sah sie fragend an. „Und wie willst du das anstellen?"

„Wenn er seinen Wagenschlüssel nicht mitgenommen hat ..."

„Was hat das mit seinem Wagenschlüssel zu tun?", rätselte Rainer.

„Sein Navigationsgerät dürfte die letzten Streckenverläufe gespeichert haben“, sagte sie. „Augenblick mal“, wandte er ein. „Du willst seinen Wagenschlüssel an dich nehmen, um dir sein Navi anzusehen?“

„Soll ich den Wagen besser aufbrechen?“, konterte sie grinsend.

„So war das nicht gemeint. Aber du kannst doch nicht einfach in sein Zimmer spazieren und ...“

„Meine Zimmermädchen machen das ja auch. Und außerdem läuft irgendwo im Haus ein Wasserhahn. Da muss ich nachsehen, wo jemand vergessen hat, das Wasser abzustellen“, behauptete sie mit einem frechen Lächeln auf den Lippen.

„Ich höre nicht, dass irgendwo Wasser läuft.“

„Musst du auch nicht, Rainer. Es genügt, wenn ich es höre“, sagte sie und eilte nach oben.

Dort waren ihre Zimmermädchen unterwegs und hielten sich in Sängers Zimmer auf, um staubzusaugen und das Bett zu machen. Aylin drehte sich kurz um und lächelte Jenny an, als sie sie ins Zimmer kommen sah, und zog den Staubsauger zu sich heran, um ihr Platz zu machen. Viel Platz brauchte sie nicht, denn es genügte ein Blick auf die kleine Kommode neben der Tür. Dort lag der Wagenschlüssel wie auf dem Präsentierteller. Einen Moment lang zögerte Jenny, aber sie wollte, nein, sie musste der Wahrheit auf den Grund gehen und herausfinden, was es mit Harald Sänger wirklich auf sich hatte.

Wieder unten angekommen hielt Rainer die Zeitung höher, sodass er Jenny nicht sehen konnte. „Ich weiß von nichts“, sagte er, während sie ihre Jacke anzog und die Pension verließ.

Sie joggte durch die kalte Morgenluft, die ihren Atem in kleinen weißen Wolken aus ihrem Mund aufsteigen ließ. Am Parkplatz angekommen ging sie zu Sängers Wagen, öffnete die Tür und stieg ein. Sie steckte den Schlüssel ins Zündschloss und drehte ihn halb, sodass der Wagen zum Leben erwachte. Das Display des Navigationsgeräts leuchtete auf. Nach gut einer Minute war es einsatzbereit, dann konnte sie die letzten eingegebenen Routen aufrufen.

„Was ist denn das?", murmelte sie, als sie den Streckenverlauf in Textform und als Grafik angezeigt bekam. Sie vergewisserte sich, ob das Datum stimmte. Dann rief sie die vorangegangene Strecke auf, die ebenfalls keinen Sinn ergab. Erst die Strecke davor passte weitestgehend, wenn auch nicht vom Datum her.

Jenny saß da und grübelte, bis ihr auf einmal ein Licht aufging. Natürlich ergaben alle diese Routen einen Sinn. Man musste sie nur in einem anderen Zusammenhang sehen. Sie zog ihr Smartphone aus der Tasche und machte von jeder Strecke ein Foto. Dann schaltete sie das Navi wieder auf Normalbetrieb, stieg aus und schloss den Wagen ab. Auf dem Weg zurück zur Pension betrachtete sie die Fotos, die sie gemacht hatte, und ging dazu passend die Abfolge der Ereignisse der letzten Tage durch. Mit einem Mal ergab sich ein völlig anderes Bild.

„Und? Hast du gefunden, wonach du gesucht hast?", fragte Rainer, als sie ihre Pension betrat.

„O ja", sagte sie. „Eines kann ich jetzt mit Sicherheit sagen: Harald Sänger hat definitiv nichts mit dem

Mord an seinem Zwillingsbruder zu tun. Weder ist Harald der Mörder, noch hatte er einen Killer auf ihn angesetzt."

„Das hat der Blick auf sein Navi ergeben?"

„Hier, sieh es dir an", sagte sie und zeigte ihm die Fotos.

Es dauerte eine Weile und es waren zwei kleinere Hinweise von Jenny nötig, dann wurde ihm ebenfalls klar, was sich abgespielt haben musste. „Gilt das als Beweis?", fragte er. „Ich meine das grundsätzlich. Nicht darauf bezogen, auf welche Weise du an diese Fotos gekommen bist."

„Ich werde nachher Commissaris Ilse fragen, wie sie das einschätzt", sagte sie. „Jetzt muss ich erst mal den Schlüssel nach oben bringen, damit sein Verschwinden nicht auffällt."

Jenny holte nach Mittag die eben erst geleerten Mülltonnen rein, als sie am anderen Ende der Straße das Zivilfahrzeug um die Ecke biegen sah, mit dem Ilse am Morgen Harald Sänger abgeholt hatte. Sie schob die Tonnen in den Unterstand und ging nach draußen, gerade als der Wagen vor dem Haus anhielt. Harald redete noch kurz mit der Polizistin, dann stieg er aus. Er war noch ganz weiß im Gesicht, als hätte er einen Geist gesehen, was in gewisser Weise ja auch der Fall gewesen war.

„Jetzt brauche ich erst mal einen starken Kaffen, Frau van Oosterburg", sagte er zu Jenny, als er um den Wagen herumkam.

„Das glaube ich Ihnen aufs Wort, Meneer Sänger“, erwiderte sie. „Sietske ist im Augenblick in der Küche. Sagen Sie ihr, sie soll Ihnen einen doppelt starken Cappuccino aufsetzen.“

„Danke“, murmelte er und ging nach drinnen.

„Wie ist es gelaufen?“, fragte sie Ilse, als er außer Hörweite war.

„So, wie es bei solchen Anlässen immer läuft. Man kann froh sein, wenn einem die Leute beim Anblick des Toten nicht zusammenbrechen“, antwortete sie.

„Hat er Markus identifizieren können?“

„Ja, natürlich. Es war schon gut, dass der Gerichtsmediziner ihm nur eine Halskrause anlegen musste, um die tödlichen Verletzungen zu kaschieren“, sagte sie. „Viel schlimmer ist das, wenn dem Opfer der Schädel eingeschlagen wurde.“

„Haben Sie noch mal über meinen Vorschlag von heute Morgen nachgedacht?“, hakte Jenny nach.

„Davon bin ich nach wie vor nicht überzeugt, Jenny. Tut mir leid.“

„Vielleicht kann Sie das hier umstimmen“, sagte sie. „Ich habe ganz zufällig das Navi in Sängers Wagen eingeschaltet und das hier gefunden.“

Ilse legte die Stirn in Falten. „Wie kann man zufällig das Navi in einem fremden Wagen einschalten?“

„Das ist eine laaaange Geschichten voller Irrungen und Wirrungen, die Sie nur durcheinanderbringen würde“, sagte Jenny und winkte ab. „Sehen Sie sich die Strecken an und achten Sie auf Datum und Uhrzeit. Und dann sagen Sie mir, was Sie davon halten.“

„Was ist denn das?“, murmelte die Polizistin, nachdem sie sich die Daten angesehen hatte.

„Das war auch meine erste Reaktion", stimmte Jenny ihr zu.

„Moment mal, wenn er an dem Tag von da nach dort gefahren ist, dann kann er doch nicht ..."

„Genau, kann er nicht", sagte sie und erklärte ihr, welchen Schluss sie aus ihrem Fund gezogen hatte. „Aber reicht das als Beweis?"

„Diese Geräte weisen schon mal Fehlfunktionen auf", erwiderte Ilse. „Und ich muss sagen, dass ich noch keinen Fall miterlebt habe, in dem so etwas als Beweis vorgelegt worden ist."

„Das habe ich befürchtet", meinte Jenny. „Deshalb halte ich meinen Vorschlag mit dem Ausflug ins Dorf jetzt für noch angebrachter. Eigentlich muss für ihn ja alles neu sein, aber genau da liegt unsere Chance, dass er sich verrät. Kommen Sie offiziell zu seinem Schutz mit und halten Sie die Augen und Ohren offen. Mit etwas Glück liefert er uns den Beweis."

Die Polizistin überlegte einen Moment lang, dann seufzte sie und sagte: „Also gut, ein Versuch kann nicht schaden. Hoffe ich zumindest."

„Ich glaube nicht, dass Sie es bereuen werden", versicherte ihr Jenny.

Ilse zog eine Augenbraue hoch und gab ironisch zurück: „Woher wollen Sie wissen, dass ich es nicht jetzt schon bereue, mich auf eine solche Idee eingelassen zu haben?"

***

„Ist das Ihr Ernst, Frau Ruijters?“, fragte Harald Sänger, als die Polizistin ihm kurz darauf die Idee vorschlug, die eigentlich von Jenny kam.

Die beiden Frauen waren sich schnell einig geworden, dass Sänger eher auf diese Idee eingehen würde, wenn sie von jemandem in einer offiziellen Position kam, nicht aber von einer Pensionswirtin, die sich als Hobbydetektivin betätigte. Zudem konnte Ilse zumindest theoretisch darauf bestehen, dass er mitmachte, wenn es der Suche nach dem Doppelmörder diente. Andernfalls könnte sie argumentieren, dass er die Polizeiarbeit behinderte und ihm mit entsprechenden Konsequenzen drohen.

„Da wir bislang keinen brauchbaren Ansatz gefunden haben, wo sich der Täter aufhalten könnte, gehen wir jetzt erst mal vom Naheliegendsten aus, nämlich dass er aus Zuiderdijk kommt und hier auch lebt“, sagte sie. „Wenn Sie in die Rolle Ihres Bruders schlüpfen und sich da im Dorf zeigen, wo alle Leute zusammenkommen, besteht die Chance, dass der Mörder Sie sieht. Falls wir ihm auf dem Weg durchs Dorf nicht begegnen, ist es immer noch möglich, dass er von anderen davon erfährt, wenn die darüber reden, dass der freundliche und spendable Deutsche wieder unterwegs war und in den Lokalen großzügige Trinkgelder gegeben hat.“

„Meinen Sie, so was würde die Runde machen?“, fragte er skeptisch.

„Sie müssen in dörflichen Dimensionen denken“, machte sie ihm klar. „In Hamburg wäre so was natürlich kein Thema. Höchstens in der Straße, in der das geschieht. Aber Zuiderdijk besteht nur aus dieser Straße.

Hier macht alles die Runde. Vor allem jetzt, wo die meisten Touristen weg sind und es wieder viel ruhiger wird. Hier spricht sich rum, wenn der Bedienung im China-Restaurant beim Servieren ein voller Teller auf den Boden gefallen ist."

„Und wenn der Mörder tatsächlich hier wohnt? Was soll das bringen?"

„Nach allem, was wir bisher an Erkenntnissen gewonnen haben, ist Ihr Bruder nicht zufällig ermordet worden", führte Ilse aus. „Jemand hat sich mit ihm verabredet, um ihn zu ermorden. In welchem Zusammenhang dieser Mord zu dem zweiten tags darauf steht, wissen wir nicht, weil wir da noch im privaten Umfeld der ermordeten Frau ermitteln. Aber im Fall Ihres Bruders gibt es keinen Zweifel daran, dass er Ziel dieses Angriffs war. Der Mörder wird natürlich die Welt nicht mehr verstehen, wenn er sieht, dass Sie nicht tot sind. Er wird glauben, dass Sie irgendwie überlebt haben. Und er wird höchstwahrscheinlich ein zweites Mal versuchen, Sie zu töten."

„Und was ist, wenn es Ihnen erst einmal gelungen ist, ihn glauben zu lassen, dass Markus gar nicht tot ist? Dann wird er mich doch umbringen wollen, ohne zu wissen, wen er tatsächlich vor sich hat", gab Sänger zu bedenken und guckte von einem zum anderen.

„Die Polizei wird immer in Ihrer Nähe sein und zuschlagen, sobald der Mörder sich Ihnen nähert", versicherte sie ihm.

„Das kann doch jederzeit und überall passieren", konterte er. „So gut können Sie doch gar nicht auf mich aufpassen."

„Doch, das können wir“, beharrte sie. „Wenn wir heute Nachmittag unseren Spaziergang durchs Dorf beendet haben, werden wir uns zusammensetzen und uns verschiedene Szenarien überlegen, in denen Sie nur scheinbar ganz allein unterwegs sind. Szenarien, die wir komplett kontrollieren, was er aber nicht weiß, sodass er uns in die Falle geht, sobald er sich Ihnen nähert.“

„Was für Szenarien sollen das sein?“, wollte er wissen. „Soll ich abends allein auf dem Deich spazieren und Sie lauern hinter dem nächsten Busch, hinter dem Sie hervorspringen, sobald der Kerl auftaucht und mir die Schlinge um den Hals legen will?“

„Vereinfacht dargestellt soll es so ablaufen“, bestätigte sie. „Aber natürlich sind meine Leute dann mit Nachtsichtgeräten und Wärmebildkameras und so weiter ausgerüstet, sodass wir den Mörder bereits von Weitem kommen sehen. Er kann nicht überraschend hinter Ihnen auftauchen und Sie erwürgen, weil wir die gesamte Umgebung im Blick haben und genau wissen, wann der Zugriff erfolgen muss.“

„Und wie lange soll das dauern?“, fragte er ein wenig ungehalten. „Ich habe schließlich ein Unternehmen zu leiten und ich kann es mir nicht leisten, hier wochenlang den Köder zu spielen.“

„So lange wird der Mörder nicht warten“, sagte Ilse. „Er wird mit Sicherheit schnell zuschlagen.“

Harald Sänger stieß einen schweren Seufzer aus. „Also gut. Ich bin von dieser Idee nicht begeistert, aber wenn sie wirklich dazu führt, dass der Mörder meines Bruders gefasst wird, dann machen wir es eben so.“ Er sah in die Runde. „Wann wollen Sie aufbrechen?“

„Wir haben jetzt halb zwei“, sagte die Commissaris nach einem Blick auf ihre Armbanduhr. „Ich schlage vor, wir machen uns um drei Uhr auf den Weg. Dann haben auch die Geschäfte wieder geöffnet, die Mittagspause machen, und damit sind dann auch mehr Leute unterwegs.“

„Gut. Dann werde ich mich eine Weile hinlegen“, sagte Sänger und fügte betreten an: „Ich muss immer noch diesen Anblick verdauen. Als hätte ich mich selbst da liegen sehen ...“ Er schüttelte sich, stand auf und ging zur Treppe. „Bis später.“

„Erholen Sie sich gut“, rief Jenny ihm hinterher.

***

„... und die feine Ironie dabei ist, dass die Marktstände heute in der Kirche untergebracht sind, weil der Kirche die Leute weggelaufen sind, während die Marktbesucher immer mehr wurden“, sagte Jenny.

„Sehr interessant“, sagte Harald Sänger, während er die Kirche betrachtete, die trotz ihrer reduzierten Größe immer noch imposant aussah. „Wie es scheint, ist Kirche in dieser Form vom Aussterben bedroht.“

„Mag sein. Doch auch wenn viele Kirchen heute in Lokale oder Hotels umgewandelt werden, ist es doch schön, wenn solche beeindruckenden Bauwerke erhalten bleiben“, warf Rainer ein. „Wenn man bedenkt, mit welchen Methoden diese riesigen Bauten entstanden sind.“

„O ja. Diese Architekten waren zudem viel mutiger als ihre heutigen Kollegen“, fand Sänger und drehte sich um. „Und was haben wir da drüben?", fragte er und deutete auf die in U-Form angeordnet Ladenzeile.

Jenny erklärte ihm das Gleiche, was sie zuvor schon Rainer über die kleinen Wohn- und Geschäftshäuser erzählt hatte, und wieder hörte Sänger interessiert zu. „Die Bäckerei hat übrigens die besten Marzipanhörnchen, die ich je gegessen habe. Nach altem schwedischem Rezept."

„Klingt verlockend", meinte er.

„Es klingt nicht nur so", sagte sie. „Kommen Sie, wir holen uns was zu knabbern."

Sie betraten die Bäckerei, die gut besucht war. Als sie an der Reihe waren, erklärte Sänger beim Blick auf die Auslage: „Ah, Zimtschnecken. Davon nehme ich eine."

Jeroen, der Sohn des Bäckers, stand heute hinter der Theke, kam Sängers Anliegen sofort nach und packte eine Zimtschnecke ein. „Zwei fünfzig, bitte", sagte er und hielt ihm die Tüte hin.

Sänger stutzte. „Zwei fünfzig? Die kosten doch zwei Euro", widersprach er, wobei er ein wenig gereizt klang.

„Nicht mehr. Steht auch auf dem Schild da unten", erwiderte Jeroen.

Sänger lehnte sich zurück, um die Preisschilder zu betrachten, die an der Unterkante der Glasscheibe lagen. „Oh. Ja, stimmt", murmelte er und legte noch ein Fünfzig-Cent-Stück in die Schale auf der Theke.

„Danke und tot ziens", sagte der junge Mann und wandte sich Jenny zu, die drei Marzipanhörnchen für sich, Rainer und Ilse nahm, nachdem die beiden genickt hatten.

Als sie nach draußen kamen, stand Sänger vor dem Laden und schlang soeben den Rest seiner Zimtschnecke runter.

„Ich glaube, da hat es aber jemandem geschmeckt", stellte sie grinsend fest.

„Köstlich, einfach köstlich", sagte Sänger mit vollem Mund.

„Also war die ihre zwei Euro fünfzig wert?"

Sänger nickte und lächelte sie an. „Ich war fest davon überzeugt, dass ich auf dem Preisschild zwei Euro gelesen habe. Na ja, man kann sich ja auch mal irren." Er deutete auf das übernächste Haus. „Ich würde gern einen Blick in diese Buchhandlung da werfen, wenn Sie nichts dagegen haben."

„Ich komme mit, um auf Sie aufzupassen", sagte Jenny und drehte sich zu Rainer und Ilse um. „Passt ihr vor dem Laden auf, ob sich jemand verdächtig benimmt?"

Beide nickten und folgten ihr, vor dem Schaufenster blieben sie stehen. Sänger brauchte nicht lange, dann zeigte er ihr ein Buch. „So etwas wollte ich haben: Ein Buch über die Geschichte dieses Dorfs", erklärte er. „Das ist so ziemlich der einzige Luxus, den ich mir gönne und den ich mir auch schon als Kind und Jugendlicher gegönnt habe – ein Buch über die Geschichte und die Entstehung eines Ortes, den ich besucht habe. Es gibt mir ein Gefühl der Verbundenheit, wenn ich nicht den Ort sehe, wie er heute aussieht, sondern wenn ich erfahre, was sich hier früher abgespielt hat."

„Dieses Hobby sollten mehr Menschen pflegen“, erwiderte sie, „anstatt alles Alte damit abzutun, dass das vor ihrer Zeit war und damit uninteressant ist.“

Sänger lächelte sie an. „Ich habe das Gefühl, wir stimmen in vielen Dingen überein.“ Jenny erwiderte das Lächeln und er fügte hinzu: „Ich bezahle noch schnell, dann können wir weitergehen.“

Nachdem die Kundin vor ihm gegangen war, legte er das Buch auf die Theke, während sich Jenny einen Drehständer mit Kunstpostkarten ansah.

„Und eins dreißig sind zwanzig“, hörte sie die Inhaberin Margarete sagen.

„Und?“, fragte Sänger leicht ungehalten, woraufhin sich Jenny zu ihm umdrehte.

„Und was?“ Die ältere Frau sah ihn verständnislos an.

„Wo ist der Rest?“, wollte er wissen.

„Welcher Rest?“

„Ich habe Ihnen fünfzig Euro gegeben!“, herrschte er die Frau an. Zwei Kunden links von ihnen drehten sich bereits um.

„Sie haben mir einen Zwanziger gegeben, Meneer“, widersprach die Frau.

„Ich werde ja wohl noch wissen, wie viel Geld ich Ihnen gegeben habe!“ Sänger wurde noch etwas lauter.

Als Jenny seine aufgebrachte Miene sah, fiel ihr etwas ein, das sie bis dahin für belanglos gehalten hatte, was sich aber jetzt in einem ganz anderen Licht präsentierte.

„Und ich werde wohl noch wissen, wie viel Geld ich von Ihnen bekommen habe“, konterte die Frau nicht ganz so laut, aber mindestens so heftig. „Und das war ein Zwanziger!“

„Es war ein Fünfziger! Sie glauben wohl, weil ich ein dummer deutscher Tourist bin, können Sie mich um mein Geld betrügen, wie? Wie oft machen Sie das am Tag? Fünfmal? Zehnmal? Da machen Sie verdammt schnell zwei- bis dreihundert Euro am Tag nebenbei. Und das auf den Monat hochgerechnet bringt ja eine stolze Summe zusammen. Und das alles auf Kosten von uns Touristen. Nennt man so was Gastfreundschaft?"

„Seien Sie froh, Meneer, dass ich im Gegensatz zu Ihnen Anstand besitze", sagte die Frau und wurde wieder ruhiger. „Sonst würden Sie von mir eine Erwiderung bekommen, die Sie vor Scham rot anlaufen lassen würde."

„Ich weiß nicht, was Sie da reden", fauchte er sie an.

„Kommen Sie morgen früh wieder her", sagte sie kurz angebunden. „Wenn sich dreißig Euro zu viel in der Kasse befinden, dann werden Sie diese dreißig Euro bekommen. Wenn die Kasse stimmt, dann haben Sie mir einen Zwanziger gegeben."

„Ich habe Ihnen ...", setzte er wieder an, wurde aber von Jenny in Richtung Ausgang dirigiert.

„Hören Sie auf, Herr Sänger", redete sie auf ihn ein. „Sie sollten durch eine übertrieben freundliche Art auf sich aufmerksam machen, aber nicht durch einen solchen Aufstand!"

„Diese Frau hat mich ...", begann er, gerade als sie die Buchhandlung verließen.

„Vielleicht irrt sie sich, aber vielleicht irren Sie sich auch", fiel Jenny ihm sofort ins Wort. „Ich kenne die Inhaberin der Buchhandlung schon seit Jahren. Sie ist eine absolut korrekte und ehrliche Frau. Wenn sie sich geirrt hat, dann bekommen Sie morgen früh Ihr Geld zurück. Wenn nicht, haben Sie sich geirrt. So was soll vorkommen."

„Was war das für ein Tumult da drinnen?", wollte die Commissaris wissen, als die beiden nach draußen kamen.

„Modernes Raubrittertum", antwortete Sänger immer noch aufgebracht. „Man hat mich um dreißig Euro gebracht. Kann ich bei Ihnen Anzeige wegen Betrugs erstatten?"

„Das können Sie nur auf der Wache, also da, wo wir heute waren", sagte Ilse.

Jenny war froh, dass die Polizistin ihre hochgezogene Augenbraue beim Verlassen des Geschäfts richtig gedeutet und entsprechend reagiert hatte, auch wenn die Antwort eigentlich nicht der Wahrheit entsprach. Sängers Auftritt hatte Jenny die Augen geöffnet und damit ergab auch die Szene in der Bäckerei einen Sinn.

„Falls der Mörder sich hier irgendwo aufhält, dann dürfte er jetzt wohl mitbekommen haben, dass sein Mordopfer scheinbar noch lebt", meinte Rainer mürrisch, dem anzusehen war, dass er es noch immer nicht fassen konnte, wie Harald Sänger sich in der Buchhandlung aufgeführt hatte.

„Nein, ganz bestimmt nicht", widersprach ihm Jenny und zog bedeutungsvoll die Augenbrauen hoch, damit er ihr nicht widersprach. „Wir brauchen mehr Öffentlichkeit. Und Sie, Meneer Sänger, müssen sich ausgelassener und spendabler präsentieren."

„Ich habe gerade eben dreißig Euro Trinkgeld dafür gegeben, dass ich ein Buch kaufen durfte", grummelte Sänger.

„Nicht schon wieder“, gab Jenny energisch zurück. „Vergessen Sie nicht, dass wir versuchen, den Mörder Ihres Bruders aus der Reserve zu locken. Ich glaube, das zählt mehr als die Frage, ob Sie in der Buchhandlung mit einem Zwanziger oder einem Fünfziger bezahlt haben. Oder sehen Sie das anders?“

„Grundsätzlich haben Sie recht, aber ich kann es – verzeihen Sie mir die Wortwahl – auf den Tod nicht ausstehen, wenn Verkäufer zu dumm sind, das korrekte Wechselgeld herauszugeben. Und noch schlimmer ist es, wenn ich merke, dass man ganz gezielt versucht, Kunden um ihr Geld zu bringen. Da kann ich nun mal nicht an mich halten“, erklärte Sänger und atmete schnaubend aus.

„Ich schlage vor, wir statten Tom’s Frituurhal einen Besuch ab“, wechselte Jenny das Thema, ohne auf Sängers Worte einzugehen. „Da ist immer viel los, auch jetzt, wo die Touristen weg sind. Da werden Sie mit Sicherheit von mehr Leuten gesehen als in den anderen Lokalen.“

„Sie kennen sich hier aus“, sagte Harald. „Sagen Sie, wo wir am besten aufgehoben sind.“

Sie verließen den Platz vor der ehemaligen Kirche und wechselten auf die andere Straßenseite, wo sich ein Lokal an das andere reihte. Bevor sie Tom’s Frituurhal betraten, sagte Jenny an Sänger gewandt: „Sie tun gleich so, als würden Sie für uns alle das Essen spendieren, okay? Bei Tom ist es üblich, dass die Rechnung bezahlt wird, wenn er die Bestellung an den Tisch bringt, weil er nicht genug Personal hat, das später noch kassieren kann. Wir rechnen später aus, was Sie von jedem von uns bekommen. Und denken Sie an ein großzügiges Trinkgeld. Die anderen Leute sollen mitbekommen, dass Sie nicht bloß auf den nächsten durch fünf teilbaren Betrag aufrunden, sondern bei siebenunddreißig Euro und zwanzig Cent ganz lässig einen Fünfziger zücken und sagen: ‚Der Rest ist für Sie.'"

„Über zehn Euro Trinkgeld? In einer besseren Frittenbude?", gab er erschrocken zurück.

„Es ist das, was Ihr Bruder gemacht hat. Falls der Mörder hier im Dorf lebt oder falls er hier irgendeinen Helfer hat, dann soll der den Eindruck bekommen, dass Sie immer noch Markus sind und dass der Anschlag auf Sie fehlgeschlagen ist."

„Ja, ich verstehe schon", erwiderte Sänger.

Nachdem sie das Lokal betreten und sich für einen Tisch entschieden hatten, entschuldigte sich Jenny für einen Moment und ging nach hinten zur Theke, wo sie den Inhaber Tom zur Seite zog und kurz mit ihm redete. Nach anfänglichem Zögern nickte er schließlich. Jenny kehrte an den Tisch zurück und brachte für jeden von ihnen eine Speisekarte mit.

Einige Minuten später kam Tom zu ihnen und nahm die Bestellung auf. „Das geht heute alles auf mich, junger Mann", sagte Sänger, nachdem er einen Grillteller bestellt hatte. Als Tom gegangen war, musste sich Jenny ein Grinsen verkneifen, da Sänger vor sich hin murmelte: „Hoffentlich kann der wenigstens richtig rechnen."

Während sie auf ihr Essen warteten, ließ sich Sänger von Jenny mehr über Zuiderdijk und über ihren eigenen Werdegang berichten. Zu keiner Zeit erweckte er den Eindruck, dass er nur mit einem halben Ohr zuhörte oder in Gedanken ganz woanders war.

Schließlich schob Tom auf einem Rollwagen zwei große Tabletts an den Tisch und servierte die bestellten Gerichte, bei deren Anblick allen am Tisch schon das Wasser im Mund zusammenlief. Tom legte Sänger die Rechnung hin und holte die Geldbörse aus seiner Bauchtasche, während er allen einen guten Appetit wünschte.

Wie erwartet sah sich Sänger die Rechnung erst an und addierte die Zahlen, dabei verfinsterte sich seine Miene. Er schlug mit der flachen Hand auf den Tisch, was sie alle zusammenzucken ließ. „Sind in diesem Kaff wirklich *alle* zu dumm, drei Zahlen zu addieren?"

„Wieso?", fragte Tom mit gespielter Ahnungslosigkeit.

„Weil der Gesamtbetrag zwölf Euro fünfzig zu hoch ist!"

Tom sah auf den Beleg und zuckte mit den Schultern. „Kann mal passieren. Ziehen Sie das einfach ab, dann ist alles gut."

„Kann mal passieren?", wiederholte Sänger und wurde mit jedem Wort lauter: *„Kann mal passieren?"*

Das anschließende Donnerwetter übertraf sogar noch Sängers Auftritt in der Buchhandlung. Und auch wenn Tom den Wutausbruch auf ihre Bitte hin provoziert hatte, tat ihr der Mann leid. Doch Tom nahm das Ganze gelassen hin. Als Sänger schließlich mit sich zufrieden war, da er dem Gastwirt unverblümt die Meinung gesagt hatte, nickte Tom nur und bat die Gruppe, auf der Stelle sein Lokal zu verlassen und niemals wieder herzukommen.

Sänger stürmte sofort nach draußen, die anderen drei folgten, wobei Ilse irritiert reagierte, als sie sah, wie Tom Jenny zuzwinkerte. Auf dem Weg nach draußen sagte sie zu Ilse: „Denken Sie sich schnell noch zehn bis zwanzig Fragen aus, die Sie Sänger stellen wollen, wenn wir wieder in der Pension sind."

„Ich will ihm doch gar keine Fragen stellen."

„Doch, das wollen Sie", beharrte Jenny, „weil Sie den letzten Akt auch mitansehen wollen, in dem der Mörder überführt wird." Dann ging sie zügig weiter, um zu Sänger aufzuschließen, der bereits auf der anderen Straßenseite angekommen war. „Jetzt weiß garantiert jeder in Zuiderdijk, dass Markus Sänger noch unter den Lebenden weilt", merkte sie ironisch an.

„Unfähiges Volk", knurrte er. „Die einen können nicht rechnen, die anderen wollen einen nur betrügen."

„Kommen Sie. Wir kehren zur Pension zurück und dann lasse ich den Koch was Leckeres zubereiten", sagte sie. „Das geht dann aufs Haus."

„Bin ich auch eingeladen?", fragte Ilse, die mit Rainer die beiden auf Höhe der Kirche eingeholt hatte.

„Wenn das nicht als Bestechung gewertet wird, dann gern", erwiderte Jenny.

„Das Essen nehme ich während meiner Pause zu mir. Da bin ich nicht im Dienst", antwortete Ilse mit einem Lächeln. „Meneer Sänger, wenn wir dann gleich auf das Essen warten, würde ich die Zeit gern nutzen, um Ihnen noch ein paar Fragen zu Ihrem Bruder zu stellen."

„Ich dachte, Sie hätten mich schon alles gefragt", gab er gequält stöhnend zurück.

„Das dachte ich auch, aber mir ist eben eingefallen, dass vor ein paar Wochen der Fragenkatalog für Fälle wie diesen erweitert worden ist."

„Meinetwegen", lenkte er ein. „Wenn damit dann alles erledigt ist, würde ich gern die Vorbereitungen für die Beisetzung meines Bruders in die Wege leiten."

„Das können Sie gleich danach machen", versicherte sie ihm.

„Das Essen dauert noch gut zehn Minuten", sagte Jenny, als sie aus der Küche kam und zu dem Tisch ging, an dem Harald Sänger saß und die Fragen von Ilse beantwortete. Rainer hatte sich auf einen Hocker am Empfang gesetzt und las weiter die Zeitung vom Tage.

„Ehe ich das vergesse", sagte Jenny und legte Sänger wie beiläufig einen Zettel auf den Tisch, auf dem einige Zahlen notiert waren.

„Was soll ich denn damit?" Sänger warf ihr einen seltsamen Blick zu, den sie ignorierte.

„Das ist die Rechnung für das Zimmer Ihres Bruders", erklärte sie beiläufig. „Für gewöhnlich bezahlen meine Gäste im Voraus. Im Fall Ihres Bruders hatte ich aber eine Ausnahme gemacht, weil an dem Tag die Kartenzahlung nicht funktionierte. Ihr Bruder hatte die Suite gebucht, die pro Übernachtung bei zweihundertzwanzig Euro liegt, zuzüglich Abendessen mit je dreißig Euro, macht also insgesamt siebenhundertfünfzig Euro, die ich dann noch von Ihnen ..."

„Sagen Sie mal, für wie dämlich halten Sie mich eigentlich?", platzte er heraus und sprang auf. „Denken Sie, dass Sie sich auf meine Kosten bereichern könnten, weil ich genug Geld habe? Präsidentensuite? Für zweihundertzwanzig Euro? Abendessen für dreißig Euro? Was noch? Vielleicht noch einen Butler-Service für hundert Euro pro Tag? Oder eine Stretchlimousine für dreihundert ..."

„Reden Sie keinen Blödsinn. Ich stelle Ihnen nichts in Rechnung, was Sie nicht auch in Anspruch genommen haben!“, herrschte sie ihn an, um den Mann noch mehr in Rage zu bringen.

„Sind Sie eigentlich noch bei Verstand? Was glauben Sie, wen Sie vor sich haben?“, brüllte Sänger sie so laut an, dass man ihn sicher noch auf der Straße hören konnte. *„Wann hatte ich denn bitte die Präsidentensuite? Ich hatte Zimmer vier und sonst nichts. Und ich habe für fünf Übernachtungen im Voraus bezahlt. Mit meiner Karte! Soll ich Ihnen vielleicht noch meinen Kontoauszug zeigen, damit Sie die Abbuchung mit eigenen Augen sehen können?“*

„Nicht nötig“, sagte Jenny und lächelte ihn an. „Es hat sich soeben alles geklärt.“

„Na, dann bin ich ja beru…“, begann Sänger, brach ab und wurde kreidebleich, als ihm klar wurde, dass er in eine Falle gelaufen war. Seine Augen zuckten hin und her, als würde er hektisch nach einer glaubwürdigen Erklärung für seinen Versprecher suchen. In diesem Moment drehte ihm Commissaris Ilse Ruijters die Arme auf den Rücken und dann war das Klicken der Handschellen zu hören.

„Markus Sänger, ich verhafte Sie hiermit wegen des Mordes an Ihrem Zwillingsbruder Harald Sänger und an Veronica van Beveren“, verkündete die Polizistin und zog ihn ein Stück nach hinten, um ihn auf den Stuhl zu drücken, auf dem er eben noch gesessen hatte.

Dort saß Markus Sänger eine Weile und starrte vor sich hin, während er immer wieder den Kopf schüttelte. „Aber wie … wie sind Sie dahintergekommen?“, fragte er schließlich. „Es war doch alles so ... so perfekt geplant."

„Wenn Sie Ihre Selbstbeherrschung auch so perfekt geplant hätten wie alles andere", sagte Ilse, „dann hätte es durchaus sein können, dass Sie mit zwei Morden davongekommen wären, die für uns immer ein Rätsel geblieben wären."

„Meine Selbstbeherrschung?", wiederholte er irritiert.

„Ganz genau", sagte Jenny. „Ich konnte mich daran erinnern, dass ich bei Ihrer ersten Anreise als Markus Sänger den Zimmerpreis für Sie ausgerechnet hatte und mir dabei ein Fehler beim Ablesen der Summe unterlaufen war. Statt ‚hundertachtzig' las ich ‚achthundertzehn' vor. Mir fiel das sofort auf und ich habe mich noch im gleichen Satz korrigiert. Und als ich Sie lächelnd ansah, da machten Sie den Eindruck, als wollten Sie jeden Moment vor Wut explodieren. Vor einer Woche war mir nicht klar, was los war, und ich bezog es auch gar nicht auf meinen Versprecher. Ich dachte, vielleicht ist Ihnen eingefallen, dass Sie vor der Abreise irgendetwas Wichtiges vergessen hatten. Doch nachdem Sie in der Buchhandlung und dann noch mal im Restaurant rumgebrüllt haben, weil man Ihnen auf den falschen Betrag herausgegeben hatte, – das zweite Mal übrigens auf meine Veranlassung hin, weil mir die Szene mit dem falschen Zimmerpreis wieder eingefallen war – da wurde mir etwas bewusst. Natürlich hätten Sie behaupten können, dass Ihr Zwillingsbruder die gleiche aufbrausende Art hat, womit ja alles erklärt gewesen wäre. Aber das hätte ja nicht zu seinem verschwenderischen Auftreten gepasst, mit der er in den Tagen vor seinem Tod auf sich aufmerksam gemacht hatte. Sie haben das genaue Gegenteil von sich selbst gespielt, damit jeder, der später Sie als den Pfennigfuchser erlebt, ganz automatisch glauben wird, dass er einen völlig anderen Menschen vor sich hat. Wahrscheinlich wären Sie sogar unbehelligt geblieben, wenn Sie besser aufgepasst hätten."

„Besser aufgepasst?", wiederholte er irritiert. „Was soll denn das heißen? "

„Das soll heißen, dass Sie sich in der Bäckerei verraten haben, als Sie die Zimtschnecke gekauft haben und sich fast schon darüber aufregen wollten, dass sie auf einmal fünfzig Cent mehr kosten sollte als beim letzten Mal. Fünfzig Cent billiger waren diese Schnecken während der Herbstferien, weil die Touristen sie in großen Mengen kaufen, vorzugsweise im Dutzend. Das konnten Sie aber nicht wissen, wenn Sie erst am Dienstagabend hier eingetroffen wären. Das konnten Sie nur wissen, wenn Sie am Samstag schon einmal eine Zimtschnecke dort gekauft hätten. Markus Sänger hatte das gemacht, Harald Sänger aber nicht. Also konnte auch nur Markus Sänger darüber Bescheid wissen. Natürlich hätten Sie sich immer noch rausreden können, indem Sie zum Beispiel behauptet hätten, dass Sie zu Hause in Hamburg auch immer solche Schnecken essen und den Preis von dort gewöhnt sind. Sie hätten es als Irrtum hinstellen können, was nicht zu widerlegen gewesen wäre."

„Der Preis für eine Zimtschnecke hat mich verraten?", fragte er ungläubig. „Verdammte fünfzig Cent?"

„Nur im Ansatz", warf Ilse ein. „Hätte es gereicht, Sie festzunehmen, dann hätte ich das auch gemacht. Doch zu der Zeit haben wir ja alle noch geglaubt, dass Sie Harald sind. Na ja, ‚wir alle' stimmt nicht so ganz. Denn Mevrouw van Oosterburg war zu der Zeit bereits klar, wer Sie in Wahrheit sind.“ Sie lächelte Jenny kurz an. „Wie mir aus einer zuverlässigen Quelle mitgeteilt wurde, ergeben die Daten des Navigationsgeräts in ‚Ihrem' Wagen, dass der Audi bereits am Sonntagabend einmal kurz hier war, nämlich zu dem Zeitpunkt, als Ihr Bruder Harald auf Ihre Bitte hin nach Zuiderdijk gekommen war, ohne zu ahnen, dass Sie ihn herbestellt hatten, um ihn zu töten. Dann haben Sie seinen Platz eingenommen, sind mit dem Audi Ihres Bruders weggefahren und haben die Nacht auf einem Autobahnrastplatz bei Tilburg verbracht, wo Sie dann darauf gewartet haben, dass wir Sie anrufen. Der Zettel mit dem Text ‚Harald' und der deutschen Rufnummer war ja praktisch eine Aufforderung zum Anruf.“

„Am Montagabend“, übernahm Jenny wieder, „waren Sie dann heimlich noch mal hier, um Veronica van Beveren zu töten, eine Frau, die niemandem etwas getan, sondern nur das Pech gehabt hatte, in dem Moment aufzutauchen, als Sie ein zweites Opfer brauchten. Ein zweites Opfer, dem Sie einen Zettel mit der Telefonnummer von Markus Sänger zusteckten, damit es nach einer Beziehungstat aussah. Es musste ja irgendeine Verbindung zwischen Markus und Veronica geben, die die Polizei in großem Stil in die Irre führen würde. Die sollte aufgrund dieses Zettels nach dem mysteriösen Freund von Veronica suchen, den es in Wahrheit gar nicht gab. Danach sind Sie wieder abgefahren, haben auf dem nächsten Rastplatz an der Autobahn wieder im Wagen geschlafen, um nirgendwo Ihre persönlichen Daten zu hinterlassen. Und am Dienstag sind Sie dann abermals hergekommen. Diesmal als Ihr Bruder Harald, den Sie zwei Tage zuvor ermordet hatten, um von allen Beteiligten unbemerkt dessen Firma übernehmen zu können."

„Haben Sie irgendwas dazu zu sagen?", wollte Ilse wissen.

„Ich hasse Zimtschnecken", gab Markus Sänger zurück.

„Gut, ich werde Ihnen eine ganze Tüte davon ins Gefängnis schicken", versprach ihm Jenny lächelnd. „Damit Sie nie vergessen, dass ein kleines, harmloses Gebäck Sie hat straucheln lassen."

Sänger schnaubte und murmelte etwas Unverständliches vor sich hin, während Ilse ihn in Richtung Tür dirigierte. „Ich werde ihn in meinem Wagen zwischenparken, bis die Kollegen mit dem Bus da sind, um ihn wegzubringen." Sie nickte Jenny zu. „Das war gute Arbeit, Jenny", lobte Ilse sie. „Gefährlich, aber gut. Wir sprechen uns in den nächsten Tagen, okay?"

„Okay", erwiderte Jenny. „Und wir sehen uns beim nächsten Fall, Commissaris Ilse."

Ilse drehte sich noch einmal um. „Träumen Sie nur weiter, Jenny", gab sie ironisch zurück, dann fiel die Tür hinter ihr zu.

Epilog

„... und danke für den Anruf", sagte Jenny und legte auf. "Das war Commissaris Ilse Ruijters."

„Markus Sänger hat ein umfassendes Geständnis abgelegt. Es war exakt so, wie wir es anhand der Navi-Daten rekonstruiert haben. Er hat Harald unter einem Vorwand herbestellt und getötet, danach hat er dessen Platz eingenommen und willkürlich Veronica van Beveren ermordet, um eine Beziehungstat vorzutäuschen."

„Und warum hat er Harald überhaupt umgebracht?", wollte Rainer wissen. „Die Geschichte mit den Spielschulden muss doch komplett erfunden gewesen sein."

„Das war sie auch", bestätigte Jenny. „Markus Sänger ist nichts weiter als ein fauler Sack, der am liebsten fürs Nichtstun ein Managergehalt bekommen möchte. Er hat sich sein Leben lang mit Gelegenheitsjob durchgeschlagen, weil sein Bruder sich weigerte, für ihn eine Stelle einzurichten, die mit einem Spitzengehalt vergütet wird, aber die nicht mal seine Anwesenheit im Betrieb erfordert, damit er den ganzen Tag auf der faulen Haut liegen kann. Es gab immer wieder Streit, weil Harald nicht auf dieses Ansinnen einging, und irgendwann ist es Markus zu viel geworden. Da hat er beschlossen, seinen Bruder aus dem Weg zu räumen und dessen Platz einzunehmen."

„Als sein Bruder hätte er aber doch auch arbeiten müssen", wandte Rainer ein.

„Sogar das hatte er schon alles geplant. Er wollte zwei oder drei Manager einstellen, die seine Arbeit erledigen."

„Und beinahe wäre er mit diesem Trick auch noch durchgekommen."

„Aber nur beinahe", betonte sie und seufzte geschafft. „Von Zwillingen habe ich jetzt erst mal genug."

„Das passt ja gut", sagte Rainer und tippte auf die Zeitung. „In Westkapelle findet am Wochenende das Europatreffen der Drillinge statt. Ein paar von denen werden sich sicher hier einquartieren und ..."

„Neeeein", rief sie und lief in Richtung Küche. „Ich will davon nichts wissen! Ich bin übers Wochenende nicht da."

„Und wo bist du stattdessen?", wollte er wissen.

„Beim Paintball-Turnier mit Königin Maxima!", ertönte es aus der Küche, dann hörte er, wie die Hintertür zugeschmissen wurde.

Rainer schüttelte amüsiert den Kopf und widmete sich wieder seiner Zeitung. Plötzlich stutzte er.

„Nanu", murmelte er. „Die ist ja schon drei Wochen alt. Hätte ich das doch eher gesehen."

ENDE